광화문
삼인방

광화문 삼인방

지키지 못한 약속

정명섭 지음

생각
학교

우리 약속 하나 할까?
저 총독부가 무너지는 날 여기 다시 와서 만나기로 말이야.

일러두기

1. 이 소설은 시인 백석과 두 친구(신현중, 허준)의 일화와 역사적 사실을 토대로 작가의 상상력을 더해 재가공한 이야기입니다.

2. 본문에 나온 시와 수필, 노래 가사는 현대어에 맞춰 일부 윤문했습니다.

목차

만남

오늘이 첫 출근인 백석*은 통의동 하숙집을 나와서 총독부가 보이는 큰길로 걸었다. 그리고 정거장에서 걸음을 멈췄다. 전차가 종소리를 내며 다가오는 걸 봤기 때문이다. 전차가 보이자, 총독부 앞 정거장에 모여 있던 승객들은 바짝 긴장했다. 놓치면 다음 전차가 언제 올지 몰라 반드시 타야 했기 때문이다. 거기다 일본인 전차장은 조선인 승객들을 무시하기 일쑤였다. 조금이라도 늦으면 못 타거나 쫓겨날 수도 있었다. 사월이지만 추위가 아직 가시지 않아서 사람들 옷차림은 두툼한 편이었다. 이십 대 초반인 백석 역시 추위를 막기 위해 양복 위에

---

* 백석(1912~1996)의 본명은 백기행. 백석이라는 이름은 필명으로, 그가 좋아했던 일본 시인 이시카와 다쿠보쿠(石川啄木, 1886~1912)의 이름에서 따온 것으로 알려져 있다.

프록코트를 걸치고 있었다.

"을씨년스럽군."

코끝을 스치는 차가운 바람에 백석은 저도 모르게 중얼거렸다. 1905년 을사늑약이 체결된 이후 사람들은 스산하거나 어수선하면 종종 '을사년스럽다'라고 말했다. 이후에 발음이 변하면서 '을씨년스럽다'라는 표현이 되었다.

'올해가 1934년이니까 대한제국이 없어진 지 이십사 년째네.'

그사이 한성은 경성으로 이름이 바뀌었고, 나라가 없어졌으니, 수도라는 지위도 잃었다. 하지만 경성의 인구는 날이 갈수록 늘어났다. 식민지가 되면서 먹고살기 힘들어진 사람들, 새로운 기회를 찾으려는 사람들이 전국에서 몰려들었다. 좁은 땅에 많은 사람이 갑자기 밀어닥치자, 집 구하기가 어려워졌다. 거기에 자기 나라 땅이라고 우기며 일본인들까지 경성에 와서 자리를 잡았다. 결국 고래 등 같던 예전 기와집은 조각나고 새로운 형태의 집이 만들어졌다. 정세권이라는 건축업자가 지은 새로운 한옥이었다. 안채와 별채, 사랑채가 따로 있지 않고, ㅁ자형으로 연결돼 바깥을 따라 방과 부엌이 배치된 형태였다. 가운데 자리한 고양이 이마만큼이나 좁은 마당에는 손으로 물을 퍼 올리는 펌프가 있었다. 백석이 지내기로 한 하숙집도 그런 한옥 모양이었다. 풍채가 좋은 하숙집 주인은 물값을 아낄 수 있다고 자랑했다. 백석은 그보다는 펌프 주변에 조성된 작은 화단이 마음에 들어서 그곳을 하숙집으로 정했다. 고향인 평안북도 정주나 가끔 가는 함흥에 비해 경성은 모든 게 크고 빨랐다. 젊고 예민한 성격의 백석에게 여러모로 맞지 않았다. 그래서 여유를 찾을 수 있는 작은 화단이 딸린 하숙집이 너무나 마음에 들었다. 물론, 앞으로 다녀야 하는 직장인 조선일보까지 걸어서 갈 수 있는 거리라는 점도 하숙집을 고르는 데 결정적인 역할을 했다.

정거장의 승객들을 바라보던 백석은 장곡천정(현 서울 중구 소공동)의 터키인 양복점에서 맞춘 양복이 몹시도 어색해 이리저리 몸을 움직였다. 콧수염이 있고 머리에 터번을 두른 터키인이 줄자로 몸을 이리저리 재고 나서 딱 맞는 양복을 만들어주었다. 양복은 나름 익숙했지만, 출근을 위해 맞춘 양복을 입으니, 백석은 마치 몸이 감옥에 갇힌 듯한 느낌이 들었다. 한숨을 한 번 내쉰 뒤 정거장 뒤쪽을 올려다봤다. 몇 년 전에 경복궁의 광화문을 밀어버리고 자리 잡은 거대한 조선총독부 건물이 보였다. 차가운 화강암으로 지은 건물에 구리를 씌운 돔이 올라가 있어 보기만 해도 마음이 갑갑했다. 백석이 우두커니 서서 이런저런 생각을 하는 사이 영추문(경복궁의 서쪽 문)에서 온 전차가 땡땡거리는 소리를 내면서 정거장에 도착했다. 순간적으로 사람들이 앞쪽으로 몰려들었고, 몸이 재빠르지 못한 학생 몇 명은 문에서 튕겨 나갔다. 학생들이 지각이라고 악을 쓰며 결사적으로 매달렸지만, 전차는 그냥 무정하게 떠나버렸다. 땡땡거리는 소리를 내며 멀어지는 전차에는 개미 떼처럼 많은 사람이 타고 있었다. 전차 지붕에 나란히 붙은 사이다와 담배 광고는 지나가는 사람들의 눈길을 끌기 위해 안간힘을 쓰는 듯했다. 그걸 본 백석이 낮은 목소리로 중얼거렸다.

"경성 사람들은 정말 힘들게 사는군."

경성 사람들의 힘겨운 삶을 잠시나마 엿본 백석은 조선일보를 향해 멈췄던 걸음을 재촉했다. 시내 한복판을 걸어서 출퇴근하는 백석은 여러모로 눈에 띄었다. 평범한 조선 사람보다 키가 크고, 인물이 훤했기 때문이다. 거기에 콧날은 우뚝하고 눈썹이 선명해 마치 활동사진(영화)에 나오는 배우 같았다. 바쁘게 걷던 여학생이나 모던 걸도 잠시 걸음을 멈추고 백석을 바라볼 정도였다. 백석은 주변에서 쏟아지는 시선은 무시한 채 전차가 사라진 광화문통 쪽으로 천천히 걸어갔다. 조선왕조 시절 육조거리라고 불렸던 이 거리는 일본의 식민지가 되면서 이름이 바뀌었다. 넓은 거리에는 우마차와 인력거가 흙먼지를 날리며 달리고 있었다. 거리를 따라 나무로 된 전신주들이 기둥처럼 줄줄이 서 있었다.

일본식 건물에 서구적 풍경으로 바뀐 거리를 걸어가던 백석은 목적지인 태평통1정목(현 서울 중구 태평로1가)에 있는 조선일보사에 도착했다. 조선 최고의 금광 부자인 방응모가 작년에 인수한 조선일보는 조만식을 사장으로 앉히고, 주요한을 편집국장으로 임명하면서 체계를 갖췄다. 백석 역시 조선일보에서 일하게 되었다. 조선일보에서 사진기자로 일한 아버지의 영향도 있지만, 백석의 어려운 집안 형편을 배려해 일본으로 유학을 보내준 방응모 사장의 요청이라 거절하기가 힘들었던 탓도 있다. 그래서 교정부에서 일하기로 했다.

첫 출근이라 무거운 마음을 안고 태평통까지 걸어온 백석은 '조선일보'라는 간판이 달린 이 층 건물 앞에 섰다. 일찍 출근한 사람들이 바쁘게 건물을 드나들었다. 그중 한 남자가 밖으로 나오다가 백석과 눈이 마주쳤다. 일본인들이 도리우찌(납작모자)라고 부르는 헌팅캡을 쓰고 목깃이 지저분한 셔츠를 입은 모습이었다. 그는 반가운 표정으로 말했다.

"혹시 오늘부터 교정부에 출근하는 신입 사원인가? 백……."

고민하는 그를 대신해서 백석이 입을 열었다.

"백석입니다. 선배님."

대답을 들은 그는 가까이 다가와서는 덥석 백석의 손을 잡았다. 성격이 깔끔한 백석은 낯선 사람과 손을 잡게 되자 너무 놀랐지만 차마 손을 뺄 수는 없었다. 신문사에 다니는 선배 같은데 기분을 상하게 할 수는 없기 때문이다. 그런 백석의 속마음을 전혀 모르는지 그는 손을 한참이나 붙잡고 말했다.

"반갑네. 자네 정주 사람이라며?"

"네. 갈산면 익성리에서 태어났습니다. 선배님도?"

"나는 용천에서 태어났어. 중앙고보를 졸업하고 호세이 대학에서 불문학을 전공했지. 자네도 일본 유학을 다녀왔다며?"

"네. 청산학원에서 영어사범과를 다녔습니다."

"오, 아오야마 학원 말이군. 거기 학비가 만만치 않은 걸로 아는데? 어쩐지 부자처럼 보이는군."

그의 얘기를 들은 백석이 손사래를 쳤다.

"아닙니다. 방응모 선생님의 도움으로 유학을 다녀올 수 있었습니다."

그래서 원래 꿈인 교사가 되는 대신 신문사에 입사해야만 했다는 말은 차마 하지 못했다. 그런 속마음을 아는지 모르는지 그가 백석의 어깨를 힘껏 쳤다.

"자네 같은 엘리트는 신문사에 들어와서 조선인들을 일깨우는 역할을 해줘야지. 어서 오게. 교정부는 이 층이야."

백석은 그를 따라 신문사 안으로 들어갔다. 다닥다닥 붙은 나무 책상 위에는 종이들이 가득했다. 전화 통화를 하는 사람이 잘 들리지 않는지 큰 소리로 고래고래 외치는 바람에 사무실 안은 장터처럼 시끄러웠다. 담배를 엄청나게 피워대 연기가 천장까지 뿌옇게 차 있었다. 거기다 기름 냄새인지 잉크 냄새인지 알 수 없는 진득한 냄새가 코를 자극했다. 냄새에 괴로워하는 백석의 모습을 본 그가 키득거렸다.

"인쇄기 잉크 냄새야. 신문사 밥을 먹으려면 익숙해져야 할 거야."

모퉁이에 있는 계단을 밟고 이 층으로 올라가자 그나마 냄새가 덜했다. 한숨 돌린 백석을 그가 잡아끌었다.

"저쪽이야. 저쪽."

몇 개의 화분이 놓인 창가 쪽에 책상이 다닥다닥 붙어 있었다. 한쪽에는 커다란 괘종시계가 세워져 있는데 시계추가 쉬지 않고 좌우로 흔들렸다. 그는 백석을 데리고 이리저리 둘러보다가 창가를 바라봤다.

"저기 계시네."

그러고는 창가를 등진 채 자리에 앉아 있는 사람에게 백석을 데려갔다. 줄무늬 셔츠를 입고 서양식 파이프를 입에 문 그는 원고지에 열심히 뭔가를 적다가 다가오는 발걸음 소리를 들었는지 고개를 들었다. 서양식 카이저수염을 흉내 내려는 듯 양쪽 콧수염의 끝이 위로 치켜 올라가 있었다.

"부장님. 오늘부터 출근하는 백석이라는 친구입니다."

소개받은 백석이 고개를 꾸벅 숙였다.

"열심히 일하겠습니다. 백석입니다."

파이프를 손에 든 부장이 백석을 올려다봤다.

"그래, 편집국장님께 애기 들었네. 외국어를 잘한다며?"

"일본에서 조금 배웠습니다."

"조금 배웠으면 여긴 문턱도 넘지 못했을 거야. 금동아!"

부장의 외침에 신문지 뭉치를 들고 나르던 키 작은 사환이 냉큼 대답했다.

"네!"

"여기 신입한테 자리 안내해 줘라."

금동이라는 이름의 사환이 얼른 다가와서는 백석을 올려다봤다.

"따라오십시오."

백석은 사환을 따라가기 전에 여기까지 안내해 준 사람에게도 인사했다.

"고맙습니다. 선배님."

그 애기를 들은 부장이 그 사람을 바라봤다.

"그나저나 넌 누구야?"

부장의 물음에 그는 어색하게 웃으며 뒤통수를 긁적거렸다.

"오늘부터 새로 출근하는 허준*이라고 합니다."

백석은 어처구니가 없어 허준을 빤히 바라봤다. 그런데 부장이 별안간 다른 걸 지적하며 화를 냈다.

"처음 출근하는 놈이 옷 꼬라지가 그게 뭐야!"

"기자가 글 잘 쓰고 취재만 잘하면 되지 않습니까?"

"염병하네. 금동아!"

"네! 부장님."

"이 친구도 그 옆자리로 데려다줘."

"알겠습니다."

금동이가 소매를 잡아끌자, 허준은 넉살 좋게 웃으며 인사를 했다.

"고맙습니다. 부장님."

금동이는 둘을 계단 근처의 빈 책상으로 안내했다. 잽싸게 양복 상의를 벗어서 옷걸이에 걸고 자리에 앉는 허준을 따라 백석도 양복 상의를 옷걸이에 걸쳤다. 허준이 맞은편에 보이는 계단을 보면서 중얼거렸다.

---

* 허준(1910~?)은 1936년 4월경 백석이 신문사를 그만두고 함흥으로 떠날 무렵 조선일보 교정부에 입사했다고 알려진다.

"거, 바람 때문에 썰렁하겠네."

붙임성과 사교성이 다소 부족한 백석은 첫 출근이면서도 시치미를 떼고 자신을 안내해 준 허준의 행동이 황당했다.

"남들이 보면 여기 십 년쯤은 다닌 줄 알겠습니다."

"목마르면 우물에서 알아서 물을 마셔야지, 누가 가져다 바치기를 기다릴 수는 없잖아. 더군다나 북도 촌놈들은 어정쩡하게 있으면 무시당하기 일쑤야. 안 그래?"

허준의 말에 백석은 쓴웃음을 지을 수밖에 없었다. 방응모 같은 소수의 부자를 제외하고, 경성에서 평안도나 함경도 출신들은 가난의 상징이었다. 물지게를 나르는 사람 상당수는 함경도 북청 사람들이었다. 이런 생각을 하는 백석을 바라보던 허준이 갑자기 시를 하나 읊었다.

새벽마다 고요히 꿈길을 밟고 와서

머리맡에 찬물을 좍 – 퍼붓고는

그만 가슴을 디디면서 멀리 사라지는

북청 물장수

물에 젖은 꿈이

북청 물장수를 부르면

그는 삐걱삐걱 소리를 치며

온 자취도 없이 다시 사라진다

날마다 아침마다 기다려지는

북청 물장수

시를 읊은 허준이 말했다.

"십 년 전에 김동환이 쓴 시야. 함경도 경성 사람이지."

"김동환이면 카프(KAPF)에서 활동한 분 아닙니까?"

카프는 조선 프롤레타리아 예술가 동맹을 부르는 말이다.

"맞아. 〈국경의 밤〉을 쓴 시인이기도 하지. 예전에 조선일보에서도 근무했고 말이야."

둘이 시에 관한 얘기를 주고받는데 갑자기 금동이가 원고지 뭉치를 잔뜩 들고 왔다. 그리고 두 사람 앞에 정확히 절반씩 나눠서 올려놨다. 놀란 두 사람에게 부장이 다가왔다. 파이프를 문 부장이 근엄한 표정을 지었다.

"교정부는 기자들이 쓴 원고를 손보는 일을 기본으로 해. 신문이 인쇄되기 전까지 원고를 살펴봐야 하니까 매일 아침에 와서 원고부터 보게."

"이렇게 많은 걸 보라고요?"

"익숙해지면 빨라질 거야. 그리고 백석."

"네."

"이따가 금동이가 외국책을 몇 권 가져다줄 거야. 거기서 수필을 몇 개 번역해 봐. 조선에 잘 알려지지 않았거나 꼭 봐야 할 작품으로."

"알겠습니다."

"점심은 편집국장님께서 산다고 하셨으니까 잘 먹고 와. 그럼 일 시작해. 금동아, 어떻게 하는지 알려줘."

부장이 자기 자리로 돌아가자, 금동이가 코를 훌쩍거리며 다가왔다. 때가 긴 금동이의 손톱을 본 백석은 기겁했다. 하지만, 꾹 참았다. 허준은 그런 백석을 보고 웃음을 참았다.

금동이는 익숙한 손놀림으로 잉크와 펜의 위치를 정하고 원고지를 차분하게 펼쳐줬다.

"이거부터 보시면 돼요. 다 보고 나서 저를 불러주시면 됩니다."

백석은 고맙다고 말하며 서둘러 펜을 들었다. 하지만 허준은 금동이와 이런저런 얘기를 주고받았다.

"야! 여기는 너 없으면 안 돌아가겠다."

"고맙습니다. 담배는 피우셔도 되는데, 원고지 안 태우게 조심하세요. 그리고 담배 심부름 같은 건 해드리는데, 심부름값을 좀 주셔야 해요."

허준과 금동이가 얘기하는 걸 듣던 백석이 원고지를 찬찬히 살펴봤다. 붉은색 네모 칸 안에 다급하게 쓴 글자들이 보였다. 백석은 글씨가 꼭 감옥에 갇힌 것 같다는 생각을 하면서 말없이 읽어나갔다.

점심 무렵까지 말없이 원고지를 들여다보던 백석은 떠들썩한 소리에 고개를 들었다. 아래층에서 인사하는 소리가 들리더니 계단으로 누군가 걸어 올라오는 발소리도 들렸다. 고개를 든 백석의 눈에 계단을 다 오른 중년의 남자가 보였다. 삼십대 중반에 두툼한 뿔테 안경을 쓴 그의 낮고 펑퍼짐한 코 아래 콧수염이 가지런히 나 있었다. 교정부 부장을 비롯해 이 층의 기자들과 직원 대부분이 하던 일을 멈추고 인사했다. 중년의 남자는 부장을 시작으로 기자들과 이런저런 얘기를 나누며 천천히 사무실을 한 바퀴 돌았고, 마지막으로 허준과 백석 두 사람이 앉은 책상 앞에 섰다. 부장이 그들을 손으로 가리키며 말했다.

"오늘부터 교정부에 출근한 친구들입니다. 여기 키 큰 친구가 백석이고, 그 옆에 허준입니다."

그리고 두 사람에게 말했다.

"우리 신문사 편집국장인 주요한 선생님이야. 인사드리게."

백석은 시키는 대로 인사했고, 허준도 백석을 따라 처음 뵙겠다는 말과 함께 고개를 숙였다. 백석은 〈창조〉지의 창간호에 실렸던 주요한의 〈불놀이〉라는 시를 떠올렸다. 그 작품은 새로운 산문시라는 찬사와 시 자체로서도 뛰어나다는 평가를 받았고, 백석도 어느 정도 동의했다. 평양 사람인 그의 시에서는 백석에게도 익숙한 모란봉과 능라도 같은 지명이 나오기에 반갑기도 했다. 대놓고 말하진 않았지만 3·1 만세 운동에 참여했었다는 점, 이후 상해로 망명해 임시정부에서 독립신문 기자와 의정원 의원을 역임했다는 점도 호감도를 높였다. 둘의 인사를 받은 주요한 편집국장이 너털웃음을 지었다.

"안 그래도 두 사람을 보러 왔네. 신문사는 다닐 만한가?"

"이제 반나절이라 아직 정신 못 차리고 있습니다."

솔직하게 얘기하는 백석을 바라보던 주요한 편집국장이 고개를 돌려 허준을 바라봤다. 허준은 뒤통수를 긁적거리며 대답했다.

"저도 비슷합니다."

"말하는 걸 보니 성격이 정반대로군."

뒷짐 지고 가볍게 웃던 주요한 편집국장이 교정부 부장에게 말했다.

"이 친구들 내가 데리고 나가서 점심을 먹여도 되겠나?"

"물론이죠. 맛있는 거 사주십시오."

교정부 부장의 너스레에 주요한 편집국장이 두 사람에게 말했다.

"자네들, 가리는 음식이 있나?"

이번에는 허준이 빨랐다.

"어유, 그럴 리가요."

"근처에 갈 만한 곳이 있네. 얼른 따라 나오게."

허준이 잽싸게 양복 상의를 챙겨서 주요한 편집국장을 따라 갔다. 백석 역시 조심스럽게 옷걸이에서 양복 상의를 챙겨 따라 나갔다. 여전히 소란스럽고 바빠 보이는 일 층으로 내려와 서 건물 밖으로 나오자 느슨한 사월의 햇살이 느껴졌다. 스틱 을 쥐고 앞장서 걷던 주요한 편집국장이 돌아서서 어정쩡하게 따라오는 두 사람을 바라봤다.

"두 사람 나이가 어찌 되는가?"

대답은 백석이 먼저 했다.

"임자년에 태어났습니다."

백석을 힐끔 본 허준이 웃으며 입을 열었다.

"저는 나라가 없어진 경술년에 태어났습니다."

"그럼, 허 군이 백 군보다 두 살 위군. 형 동생 하기 딱 좋은 나이야."

허준이 씩 웃으며 백석을 바라봤다. 백석 역시 따라서 웃었 다. 내성적인 성격이라 경성 생활을 어떻게 견딜지 걱정이었 는데, 정반대 성향의 형이 생긴 건 나쁘지 않았기 때문이다. 천 천히 걷는 사이 일행은 조선일보의 라이벌이라고 할 수 있는 동아일보 사옥 앞을 지나게 되었다. 주요한 편집국장이 잠시 걸음을 멈추고 건물을 올려다봤다. 타일이 붙은 오 층 사옥이 마치 장벽처럼 서 있었다. 물끄러미 동아일보 사옥을 바라보는 주요한을 백석이 의아한 눈으로 쳐다보자, 허준이 팔꿈치로 치면서 말을 걸었다.

"상해에서 돌아와 동아일보에서 근무하셨어. 편집국장이랑 논설위원으로 말이야."

"아, 그래요?"

"그래요는 무슨, 두 살까지는 친구로 지낼 수 있으니까 그냥 말 놔."

"그래도……."

"어허, 주변을 둘러보라고."

백석은 허준이 시키는 대로 주변을 살펴봤다. 출근 시간만큼은 아니지만 사람을 잔뜩 실은 전차가 동아일보 사거리를 지나고 있었다. 땡땡거리는 소리가 멀어지고 소가 끄는 우마차가 마치 전차의 뒤를 따르는 것처럼 달려갔다. 소는 힘이 드는지 연신 콧김을 내뿜었고, 우마차를 끄는 마부도 지친 표정이 역력했다. 입고 있는 옷은 흙과 먼지, 그리고 소의 배설물로 인해 가슴팍까지 지저분했다. 반면, 나무로 된 전신주들이 주르록 서 있는 길가에는 양식 스커트에 레이스 달린 웃옷을 입은 모던 걸 둘이 까르르거리며 걸어갔다. 그 옆으로는 웃통을 벗어버린 인력거꾼이 헉헉대며 인력거를 끌고 갔다. 백석은 마치 만화경처럼 펼쳐지는 경성의 민낯을 말없이 바라봤다. 그런 백석에게 허준이 말했다.

"여긴 비정하고 무자비한 도시야. 우리같이 북쪽에서 온 촌놈들에게는 무자비하다고. 그러니까 우리끼리 친하게 지내야지. 한 줌밖에 안 되면서 형 동생으로 갈라서 뭐 하게?"

"아, 알겠어."

끝에 '요' 자를 붙이려다가 가까스로 참는 백석을 보며 허준이 씩 웃었다. 그 사이 주요한 편집국장은 말없이 앞장서 걸었다. 종로는 일본의 지배를 받는 조선 땅에 남은 조선인의 마지막 보루 같은 존재였다. 진고개나 황금정 같은 곳에서는 아무리 돈이 많아도 조선인이라면 움츠러들 수밖에 없었다. 반면, 종로는 어깨를 펴고 당당히 걸을 수 있는 곳이었다. 비록 포장이 안 된 길이라 여름에는 먼지가 풀풀 날리고, 장마철에는 질퍽해져서 신발을 버리기 일쑤지만 말이다. 봄의 끝자락이라 아직 차가운 바람이 백석의 눈앞을 전차선과 함께 스쳐 지나갔다. 전차선이 이어진 길 좌우로는 기와지붕과 서양식 지붕이 나란히 보였고, 새들이 그 위를 날아갔다. 조금 더 걷자, 공평정과 남대문통을 구분 짓는 사거리에 화신백화점이 보였다. 콘크리트로 지은 백화점은 맞은편에 있는 보신각에 비하면 이 거리 풍경에 참 이질적이었다. 하지만 이곳은 경성에서 유일하게 조선인이 운영하는 백화점이고, 조선인들의 상징이자 자존심이라서 항상 사람들로 들끓었다. 화신백화점 바로 옆에는 몇 년 전에 건물을 새로 지은 동화백화점이 보였다. 동화백화점은 화신백화점을 쓰러뜨리기 위해 스무 평의 기와 주택과 문화주택을 경품으로 내거는 출혈 경쟁을 벌였다가 반년 만에 손을 들고 화신백화점에 흡수되어 버린 이력이 있었다. 현해탄 건너 일본에서 유학 중이던 백석조차 이 소식을 알 정도로 떠들썩한 경쟁이었다. 백석과 나란히 걷던 허준이 화신백화점을 힐끔 보고는 투덜거렸다.

"저기서 먹고 싶은데 아니겠지? 동양루에서 냉면 먹기에는 너무 이르고, 설마 명월관?"

키득거리는 허준을 보면서도 백석은 한 가지 생각만 했다.

'제발 거기만은 아니었으면.'

카이다 담배를 광고하는 철탑이 있는 보신각에서 멀어지자 주요한 편집국장의 걸음이 느려졌다. 백석은 속으로 절망했지만, 허준은 반대로 기뻐했다.

"이문설렁탕이네. 안 그래도 와보고 싶었는데."

화신백화점을 지나자마자 나오는 골목길 안쪽에 이문설렁탕이 보였다. 사람들로 인산인해를 이루고 있었는데, 지게를 진 날품팔이꾼부터 반도호텔 마크가 선명한 뷰익 자동차에서 거드름을 피우며 내리는 남자까지 너나 할 것 없이 가게로 들어갔다. 입구 옆에는 커다란 솥이 걸려 있고, 안엔 뽀얀 설렁탕 국물이 펄펄 끓었다. 울상이 된 백석의 어깨를 치며 허준이 물었다.

"왜? 설렁탕 싫어해?"

"그건 아닌데."

익숙한 듯 안으로 들어간 주요한 편집국장이 입구에 서 있는 두 사람에게 손짓하며 말했다.

"어서 들어와."

안으로 들어간 백석은 숨을 참았다. 어두컴컴한 식당 안에는 좁고 긴 식탁과 거의 바닥에 붙은 것처럼 낮고 등받이 없는 의자들이 다닥다닥 붙어 있었다. 참았던 숨을 내쉬자 온갖 냄새가 났다. 주요한 편집국장이 시장 바닥 같은 식당 안을 헤집고 들어가 자리를 잡았고 두 사람은 따라서 앉았다. 긴 식탁이라서 다른 손님과 합석하듯 앉아야 했다. 옆자리에는 건장한 체구에 와이셔츠와 바지 차림의 청년들이 앉아 설렁탕을 먹고 있었다. 풍기는 분위기가 보통이 아니라서 다들 그 주변에는 앉으려고 하지 않아 비어 있었던 모양이다. 주요한 편집국장은 스틱을 식탁에 걸쳐놓고 나서 남루한 행색의 종업원에게 설렁탕 세 그릇을 주문했다. 잠시 후, 김이 펄펄 나는 설렁탕이 바로 나왔다. 백석은 종업원의 때 낀 손톱이 국물에 아슬아슬하게 닿는 것을 바라보았다. 심장이 멎는 것 같았다. 허준은 그런 백석의 모습을 보고는 배를 잡고 웃었다. 숟가락을 든 주요한 편집국장이 그릇에 든 파를 퍼서 설렁탕에 넣었다. 그리고 후추를 살짝 뿌렸다. 허준은 거기에 고춧가루까지 듬뿍 넣었다. 백석은 파를 약간 넣고 그대로 먹었다. 열심히 먹는 백석과 허준에게 주요한 편집국장이 이렇게 말했다.

"아직 확정은 아니지만, 내년에 잡지를 만들 걸세."

"문학잡지 말입니까?"

그릇을 들어 설렁탕 국물을 마시다 말고 허준이 묻자, 주요한 편집국장이 고개를 가로저었다.

"문학도 포함되지만, 종합 시사지일세. 동아일보의 〈신동아〉처럼."

"이미 그게 잘 팔리는데 후발 주자로 뛰어들면 어렵지 않겠습니까?"

"〈신동아〉보다 더 잘 만들면 되지, 뭐가 문젠가?"

단호한 주요한 편집국장의 대답에 허준이 머쓱한 표정을 지었다.

"동아일보는 〈신동아〉는 물론이고 여성 전문 잡지인 〈신가정〉도 발간하고 있어. 조선중앙일보도 〈중앙〉이라는 잡지랑 〈소년 중앙〉을 내는 중이지. 그것뿐인가? 조선일보에 다니던 김동환이 창간한 〈삼천리〉도 잘 팔리고 있고, 〈개벽〉이 없어지고 뒤를 이은 〈별건곤〉 역시 이만 독자 운운할 정도로 커진 상태야. 이제 신문만으로 먹고사는 시대는 끝났어. 잡지도 같이 발행해야 신문사를 운영할 수 있게 된 거지."

주요한 편집국장의 얘기를 들은 허준이 조심스럽게 물었다.

"잡지를 만드는 이유가 혹시 신문이 정간되거나 폐간되는 걸 대비하기 위해서입니까?"

질문을 받은 편집국장은 뿔테 안경을 끌어 올리며 대답했다.

"그것도 전혀 아니라고는 할 수 없지. 대비할 건 대비해야 하니까."

그리고 묵묵히 설렁탕을 먹는 백석을 바라봤다.

"아까 에세이 번역하라는 얘기는 들었지?"

"네, 부장님이 지시하셨습니다."

"준비 운동쯤으로 생각하게. 둘 다 교정부에 넣은 건 전적으로 잡지 때문이니까."

"알겠습니다."

백석이 짧게 대답하자, 주요한 편집국장이 젓가락으로 깍두기를 집으며 말했다.

"또래로 한 명 더 채용할 예정이니까 오면 친하게 지내."

"그 친구도 북도 사람입니까?"

허준의 물음에 주요한 편집국장은 그때 소개하겠다며 넘어갔다. 그리고 다시 백석을 바라봤다.

"자네 소설 쓰지? 우리 신문사에 들어왔으니 여기서 발표하게."

"그러겠습니다. 단편들을 쓰고 있는데, 그걸 발표하면 되겠네요."*

백석의 얘기를 들은 허준이 끼어들었다.

"장편도 써 봐. 글은 길어야 읽을 맛이 나지."

"난 반대야. 장편소설을 쓰려면 이야기를 만들어야 하는데, 그게 내 적성에 맞지 않는 거 같아."

"문학은 적성이 아니지."

"그럼?"

백석의 물음에 숟가락을 든 채 잠깐 생각에 잠겨 있던 허준이 웃으며 대답했다.

"고통이지. 대가리가 깨지는."

그 말에 주요한 편집국장까지 웃고 말았다. 백석도 속으로 틀린 말은 아니라고 생각하면서 숟가락을 들고 설렁탕을 먹었다. 한참 웃던 주요한 편집국장이 허준에게 물었다.

"그래서 자네는 소설을 쓸 건가?"

"아뇨. 시를 쓸 겁니다."

---

* 백석은 신문 지면에 단편소설 〈그 모와 아들〉(1930), 〈마을의 유화〉(1935)를 발표하며 작품 활동을 시작했지만, 이후 시를 썼다. 반대로 허준은 시에서 소설로 바꾸었다.

예상 밖의 대답에 백석은 웃음을 참지 못했다. 그런 백석을 힐끔 쳐다본 허준이 덧붙였다.

"원래 남의 떡이 커 보이는 법이죠."

죽이 척척 맞는 두 사람을 본 주요한 편집국장이 씩 웃었다.

"나중에 백석 군이 시를 쓰고, 허준 군이 소설을 쓰면, 그것 도 나름 웃긴 일이 되겠네그려."

백석과 허준은 서로의 얼굴을 바라보다가 피식 웃고 말았다. 옆에서 설렁탕을 퍼먹던 와이셔츠 입은 덩치 큰 남자들이 금 방 일어나서 나갔다. 입구로 가는 그들의 뒷모습을 본 백석이 주요한 편집국장에게 조심스럽게 물었다.

"보통 사람들은 아닌 것 같고, 누굽니까?"

"누구긴, 우미관 패거리지."

스틱을 쥔 주요한 편집국장이 짧게 대답하고는 문 쪽으로 걸 어갔다. 백석이 바로 따라서 일어났고, 남은 국물을 급하게 마 시느라 셔츠에 국물이 튄 허준이 손가락으로 쓱쓱 얼룩을 지 우면서 따라 나갔다. 설렁탕 배달을 하는지 목판에 설렁탕 그 릇을 올린 종업원이 조심스럽게 자전거를 타는 게 보였다.

경성제국대학

손가락 사이에 펜을 끼운 채 원고지를 들여다보던 백석은 창밖에서 들려오는 떠들썩한 소리에 고개를 들었다. 태평로 거리에는 아지노모도(조미료)를 홍보하는 악단이 시끌벅적한 소리를 내면서 지나가고 있었다. 피에로로 분장한 남자가 선두에서 북을 두드리고, 뒤이어 탈을 쓴 악단 단원들이 손뼉을 치거나 꽹과리를 치면서 분위기를 돋우었다. 나머지 단원들은 광고판을 매고 뒤따랐다. 행렬의 제일 뒤는 아지노모도 모형을 실은 수레였다. 분장하지 않은 일꾼들 몇 명이 힘들게 바퀴 달린 모형을 끌고 가고 있었다. 무더위를 뚫고 흥겨운 악기 소리가 들려오지만, 그 내막에는 먹고살기 위해 안간힘을 쓰는 사람들의 처절한 몸부림이 있었다. 무더운 여름이 지나긴 했지만, 아직도 뙤약볕이 쏟아져 눈을 뜨기 힘들었다. 물끄러미 창밖을 바라보던 백석의 귓가에 다른 사람의 숨소리가 들려왔다. 고개를 돌리지 않아도 누군지 금방 알아차릴 수 있었다.

"벌써 다했어?"

"교정이야 금방이지."

창가 옆으로 의자를 끌어온 허준이 창틀에 팔을 괸 채 바깥을 바라봤다.

"여름도 이제 다 갔네. 요즘은 뭐 번역하고 있어?"

허준의 물음에 백석은 자기 책상을 힐끔 보고는 대답했다.

"제임스 조이스와 아일랜드 문학을 번역 중이야. 다음 주부터 연재 시작."

"타고르 것보다는 번역하기 쉬워?"

"〈동방의 등불〉 때보다는 쉽고, 안톤 체호프보다는 어렵지."

백석의 설명을 들은 허준이 슬쩍 물었다.

"왜 하필 제임스 조이스야?"

"아일랜드 사람이라서. 아일랜드를 보면 우리랑 비슷한 처지잖아. 그리고 나는 제임스 조이스가 아일랜드 사투리를 고수하면서 시골의 정서를 담아내는 작품 활동을 하는 게 좋아."

"자네는 한국의 제임스 조이스가 되고 싶으신가?"

은근히 장난기가 섞인 허준의 물음에 백석이 어깨를 으쓱거렸다.

"제임스 조이스는 모르겠지만, 나도 고향의 사투리로 문학을 할 거야. 기억해야 할 거는 반드시 기억해야 하니까. 어쩌면……."

살짝 눈살을 찌푸린 백석이 덧붙였다.

"고향을 기억하고 조선을 생각하게 하는 문학을 하는 것조차 어려워질 때가 올지 모르잖아."

백석의 대답을 들은 허준이 투덜거렸다.

"그나저나 온다던 신입은 왜 안 오는 거야, 대체."

하품하는 허준의 이빨 사이에 음식 찌꺼기가 긴 걸 보고 백석이 얼굴을 찌푸렸다. 그걸 본 허준이 얼굴을 이리저리 만져 봤다.

"오늘은 씻고 나왔는데."

그 말에 백석은 웃었으나 이내 창밖을 보며 한숨 쉬었다. 아지노모도를 홍보하던 악단은 사라졌고, 마지막에 끌고 가던 모형도 보이지 않았다. 고향과 오산고등보통학교 시절을 떠올리고 있는 백석에게 허준이 느릿하게 물었다.

"자넨 참 특이해."

"뭐가?"

"생긴 건 영락없이 모던 보이인데, 도회지에서의 삶은 도무지 적응을 못 하잖아. 거기다 시골 출신이라면서 결벽증도 있고 말이야."

허준의 얘기를 들은 백석이 피식 웃었다. 몇 달 동안 경성에서 지냈지만, 이곳 생활은 도무지 적응이 안 됐다. 그나마 두 살 많은데도 친구처럼 대해주는 허준이 있어 다행이지, 그가 없었다면 정말 더 힘들었을 것이다. 이런 생각을 하다가 문득 궁금해졌다.

"시는 언제 발표해? 편집국장이 독촉했잖아."

"독촉한다고 나오면 시가 아니지."

"그러면 소설이야?"

백석의 농담에 허준이 키득거렸다.

"농담이 좀 늘었군. 난 자네 소설 〈마을의 유화〉보다는 〈닭을 채인 이야기〉가 좀더 흥미롭던데?"

"의외네."

허준과 얘기를 주고받는데 교정부의 전화벨이 시끄럽게 울렸다. 부장은 자리를 비웠고, 금동이도 심부름 간 상황이었다. 허준이 장난스럽게 백석을 바라봤다. 난감한 표정을 짓는 백석에게 허준이 말했다.

"이번은 자네 차례야. 어서 받으라고."

한숨을 쉰 백석은 검정 자석식 전화기가 있는 괘종시계 쪽으로 걸어갔다. 그리고 양복 윗주머니에서 손수건을 꺼내서 수화기를 감싸 쥔 채 들었다. 그리고 수화기를 최대한 얼굴에서 멀리 뗀 채 말했다.

"조선일보 교정부입니다."

상대방의 말을 듣기 위해 신경을 집중하느라 얼굴을 잔뜩 찡그린 백석을 본 허준이 창가에 기댄 채 배꼽을 잡고 웃었다. 때마침 들어온 부장이 그런 백석을 보고는 어이가 없는지 코웃음을 쳤다. 백석이 통화를 끝낸 뒤 참았던 한숨을 내쉬자, 의자에 앉은 부장이 혀를 찼다.

"백 군. 자네 해도 해도 너무한 거 아니야? 적당히 해야지."

머쓱한 표정을 지은 백석이 수화기를 감쌌던 손수건을 조심스럽게 털면서 대답했다.

"죄송합니다. 그런데 남들이 썼던 거라 조심해야 하지 않겠습니까?"

백석의 대답을 들은 부장이 더욱더 화를 냈다.

"그럼, 그 전화기를 쓴 다른 사람은 지저분하단 얘긴가? 아무리 사장이 챙겨서 들어왔다고 해도 그런 식으로 다른 사람을 무시해도 되는 거야?"

부장이 핏대를 올리는 걸 보고 분위기가 심상치 않다고 느낀 허준이 나섰다.

"아이고, 천성이 그런데 뭘 어쩌겠어요."

"해도 적당히 해야지. 사람 무시하는 것도 아니고 말이야."

"무시라뇨, 조선일보를 지키시는 부장님을 감히 누가 무시합니까?"

허준의 넉살스러운 대꾸에 부장은 화를 삭인 채 백석에게 물었다.

"무슨 전화야?"

허준의 눈치를 받은 백석이 대답했다.

"내일 새로 출근할 교정부 기자랍니다. 근처에 있는데, 잠깐 인사 와도 되냐고 해서 그러라고 말했습니다."

백석의 얘기가 끝나기도 전에 나무 계단을 밟는 소리가 들렸다. 교정부가 있는 이 층으로 올라온 사람은 양복을 어설프게 입은 남자였다. 백석과 허준 또래인데 눈이 부리부리하고 턱이 각져서 평범한 인상은 아니었다. 바짝 긴장한 두 사람 앞에 선 그 남자가 입을 열었다.

"내일부터 출근하는 신현중이라고 합니다. 근처에 일이 있어서 지나가다가 인사차 들렀습니다."

더 긴장한 백석 대신 허준이 부장이 앉아 있는 책상 쪽을 가리켰다.

"부장님은 저분이니까 인사드려."

신현중은 부장 앞으로 가서 고개를 숙였다.

"잘 부탁드립니다. 신현중입니다."

심상치 않은 모습에 부장이 헛기침하며 대답했다.

"얘기 많이 들었네. 경성제대 출신이라며?"

"졸업은 하지 않았습니다."

신현중의 대답을 들은 백석과 허준은 서로 얼굴을 마주 보았다. 둘 다 일본 유학을 다녀올 정도로 공부를 잘하긴 했지만, 경성제국대학이라면 얘기가 달랐다. 그곳은 조선에 있는 유일한 대학교로 조선인 학생이 입학하기는 극히 어려웠다. 경성 제대에 합격하면 집안은 물론 그 지역의 자랑거리가 될 정도 였다. 부장이 서랍에서 파이프를 꺼내어 물면서 말했다.

"이왕 온 김에 다른 일 없으면 일을 좀 해보고 가게나. 두 사람이 선배니까 도와줄 거야."

예상 밖의 애기에 잠시 머뭇거리던 신현중이 대답했다.

"알겠습니다."

부장이 성냥을 꺼내서 파이프에 불을 붙이며 두 사람을 바라 봤다.

"가서 일 좀 가르쳐 줘."

때마침 심부름에서 돌아온 금동이가 눈치 빠르게 교정봐야 할 원고지들을 챙겼다. 신현중을 데리고 자리로 간 허준이 투 덜거렸다.

"아무리 그래도 그렇지. 출근 전날부터 일을 시키는 사람이 어디 있어? 진짜."

허준의 투덜거림을 들은 신현중이 웃으며 대답했다.

"괜찮습니다. 어차피 해야 할 일이잖아요."

신현중의 대답을 들으며 자리에 앉은 허준이 말했다.

"대신 끝나고 밥이나 먹으러 갑시다. 담배 피워요?"

"여기서 피워도 됩니까?"

신현중의 물음에 허준이 서랍을 열어서 마코 담배와 놋쇠로 된 재떨이, 그리고 조선 성냥을 꺼냈다. 신현중은 고맙다는 말과 함께 담배 한 개비를 꺼냈고, 허준이 붙여준 성냥불로 담배에 불을 붙였다. 손을 흔들어서 성냥불을 끈 허준이 자리를 가리켰다.

"저기가 일할 자립니다. 그나저나 형씨는 언제 태어나셨나?"

담배를 손가락 사이에 낀 채 의자에 앉은 신현중이 허준의 물음에 대답했다.

"경술년에 태어났습니다."

대답을 들은 허준이 다행스럽다는 표정으로 입을 열었다.

"우리 동갑이구려. 이쪽 백석 군은 우리보다 두 살 어립니다."

그러고는 백석의 어깨에 손을 올렸다.

"하지만 나랑 친구로 지내고 있으니, 형씨도 친구로 삼으시오. 유난히 깔끔한 체를 하는 게 그렇긴 하지만 좋은 친구요."

손가락에 담배를 끼운 채 얘기를 듣던 신현중이 잠깐 백석을 바라보다가 대답했다.

"그럽시다. 요즘 시대에 두 살쯤이야."

활짝 웃은 허준이 신현중에게 말했다.

"거기 책상에 사환이 가져다준 원고지 있지? 기자들이 괴발 개발 쓴 원고를 독자들이 알아먹을 수 있게 고치는 게 우리 일 이야."

"그게 교정부 일이야?"

"그렇지. 그런데 너무 많이 고치면 기자들이 또 싫어하거든? 그러니까 최소한도로 고치면서 알아먹을 수 있게 해야 해."

"난도가 높네."

"거기다 말이야. 신문은 검열이라는 게 있어서 한 글자라도 검열관 마음에 안 들면 그날 신문은 못 나가는 거야. 그래서 일 왕이나 기타 존엄한 존재를 상징하거나 암시하는 단어도 빼야 해. 그게 교정부가 할 일이지."

"대략 듣긴 했는데 쉬운 일은 아니네."

허준은 파이프를 물고 앉아 있는 부장을 힐끔 바라보면서 속 삭였다.

"그럼, 거기다 부장이 있어서 더욱더 그렇지."

"그나저나 교정부 부장은 왜 둘을 그렇게 미워해?"

"우리가 북도 사람이라서 그렇지 뭐."

"북도?"

"작년에 방응모 씨가 이 회사를 인수한 이후에 북도 사람들을 요직에 앉혔잖아. 그러면서 원래 있던 신문사 직원 중에 북도 사람들을 대놓고 싫어하는 이들이 생겼어. 저기 부장도 그중 한 사람이지."

허준의 얘기를 들은 신현중이 혀를 찼다.

"조선 사람이면 다 같은 조선 사람이지 지역을 두고 차별하다니, 그러니까 나라를 빼앗기고 만 거 아니겠어?"

한심하다는 표정으로 교정부 부장을 쳐다본 신현중이 백석에게 물었다.

"저 작자 이름이 뭐야?"

"부장? 송유철."

"이름은 점잖네."

"이름만 점잖아. 총독부랑 연줄이 있다는 소문이 돌고 있거든. 저녁때 요정에 가서 술을 마시면서 신문사 일을 미주알고주알 일러바친다고 말이야."

백석의 얘기에 신현중이 얼굴을 찡그렸다.

"그런데 왜 안 쫓아내는 거야?"

"못 쫓아내는 거지. 총독부랑 연줄이 있는데 잘못했다가는 신문사가 날벼락을 맞을 수도 있잖아."

"조선 사람들은 날벼락도 참 많이 맞아. 잘못한 것도 별로 없는데 말이야."

신현중의 말에 이번에는 백석이 웃음을 참지 못했다. 그렇게 셋은 공동의 적을 둔 친구가 되었다. 허준이 마코 담배를 입에 물면서 신현중에게 말했다.

"두 시간 후면 퇴근이니까 셋이서 저녁이나 먹지. 아서원 어때?"

"수백 명은 너끈히 들어간다는 청요릿집?"

"가서 송화단에 황주 한잔하자고."

"설렁탕이나 선술집이 더 싸게 먹히지 않겠어?"

신현중이 담배 연기를 내뿜으며 묻자, 허준이 백석을 물끄러미 바라봤다.

"우리 중에 곱게 자란 친구가 있어서 말이야. 지저분한 걸 먹느니 차라리 굶을 거라서."

놀림 아닌 놀림을 받은 백석이 허준의 팔을 치며 살짝 노려봤다. 그 모습을 본 신현중이 피식 웃었다.

"두 사람이 쓴 소설이랑 시를 봤어. 사실 사회부로 들어오라는 얘기를 들었지만 두 사람이 궁금해서 교정부로 온 거야."

신현중의 얘기를 들은 허준이 감탄하는 표정을 지으며 백석을 바라봤다.

"우리가 생각보다 인기가 있나 봐."

셋이 한참 동안 웃고 떠들자, 이를 지켜보던 교정부 부장 송유철이 소리쳤다.

"놀러 왔어? 그만 떠들고 일해!"

셋은 잽싸게 책상에 앉아서 원고지를 봤다. 그리고 거의 동시에 괘종시계를 바라봤다. 셋 모두 같은 생각을 하는구나 싶어 손으로 입을 가리고 가늘게 웃었다.

퇴근 시간이 되자 셋은 뒤도 돌아보지 않고 신문사를 나왔다. 어둑해지기 시작한 경성 거리에는 사람들이 흐릿한 그림자로만 남았다. 태평통의 넓은 거리 건너편에는 부민관을 짓는 공사가 한창이었다. 그걸 본 허준이 투덜거렸다.

"저기가 아마 순헌황귀비 엄씨의 위패가 있던 덕안궁*이었지? 왜 하필이면 궁궐이랑 사당 같은 곳만 골라서 허물고 이상한 걸 짓는지 모르겠어. 덕수궁도 공원으로 만든답시고 마구잡이로 훼손하고 말이야."

허준의 애기를 들은 백석이 고개를 돌려서 오른쪽을 바라봤다. 곧게 뻗은 태평통의 도로 너머에 어둠을 등진 괴물 같은 총독부 청사가 버티고 있었다. 무려 십 년 동안 지어진 총독부 청사는 이전에 광화문이 있던 자리를 차지했다. 경복궁의 상징이라고 할 수 있는 광화문을 밀어버린 것이다. 그래서 아무리 무심하고 현실을 외면하려 하는 조선인이라도 지금 이 땅의 주인이 누구인지를 명확하게 알게 됐다. 조선인들이 경성에서 유일하게 주도권을 가지고 있는 청계천 북쪽 지역 한복판에 총독부는 말뚝을 꽂은 것처럼 자리 잡았다. 총독부가 세워진 이후 그 주변으로 총독의 관저와 일본인이 사는 공간이 생겨났고, 조선인은 더욱더 움츠러들 수밖에 없었다. 백석의 시선을 따라 총독부를 바라보던 허준과 신현중이 말없이 한숨을

---

* 부민관(현재 서울시의회 의사당으로 사용 중)을 짓느라 허물어버린 덕안궁은 현재 청와대 옆 칠궁으로 옮겨졌다.

내쉬었다. 허준이 어두워진 분위기를 밝게 만들려고 말을 돌렸다.

"어서 가자고. 거기가 크긴 해도 재수가 없으면 자리 없을지 몰라."

셋은 말없이 경성부청 옆을 지나 황금정1정목(현 서울 중구 을지로1가) 쪽으로 향했다. 오른쪽으로 팔십여 개의 객실을 자랑하는 삼 층짜리 조선철도호텔이 보였다. 그리고 황궁우의 삐죽 튀어나온 지붕도 눈에 들어왔다. 황궁우는 한때 대한제국의 상징이었지만, 지금은 호텔의 식당으로 바뀐 팜코트의 손님들에게 구경거리일 뿐이다. 조선철도호텔 역시 대한제국의 황제가 하늘에 제사를 지내기 위해 만든 환구단을 허물고 지어졌다. 머리가 복잡해진 백석은 코트 주머니에 손을 찔러넣고 묵묵히 걷기만 했다. 허준이 그 기분을 풀어주기 위해서인지 농담을 건넸다.

"자넨 키가 커서 황궁우가 걸어 다니는 거 같아."

다소 기분이 풀어진 백석이 피식 웃자, 허준이 얘기를 이어갔다.

"자네 아서원이 어떤 곳인지 알아?"

"청요릿집이잖아. 몇 번 가본 적 있어."

"아이고, 소설만 쓰느라 세상 물정을 모르시네. 거기가 그 유명한 조선공산당 창당 대회가 열린 곳이잖아."

허준의 얘기에 신현중은 알고 있다는 듯 고개를 끄덕거렸다. 하지만 경성에서 생활한 지 얼마 되지 않은 백석은 잘 모르는 내용이었다.

"언제?"

"1925년이니까 거의 십 년 전이네."

"어떻게 일본 경찰의 감시를 피해 경성 시내 한복판에서 공산당 창당 대회를 열었지?"

"그날 무슨 일이 있었느냐 하면 말이야. 천도교 대교당에서 전조선 기자 대회가 열렸어."

"기자 대회?"

"어, 전국에서 온 기자만 해도 칠백 명에 달해서 일본 경찰의 시선이 온통 그쪽으로 쏠렸다고 하더라고."

"그사이에 번갯불에 콩 구워 먹듯 아서원에서 해치웠군."

백석의 감탄에 허준이 껄껄 웃었다.

"조선공산당 창당을 주도한 사람은 박헌영이라는 동아일보

기자였어. 그때 스물다섯 살인가 스물여섯 살이었지. 작년에 상해에서 체포되어 경성으로 압송됐고, 재판받는 중이야."

아서원에 얽힌 이런저런 얘기를 나누면서 아서원 앞에 도착했다. 계단으로 올라가는 대문이 중국풍으로 꾸며져 있었다. 대문 옆 담장에는 인력거와 자동차를 세울 수 있는 공간이 보였다. 검은 자동차들 주변으로 코흘리개 아이들이 구름 떼처럼 몰려들었다. 하얀 장갑을 끼고 사이드미러를 닦던 운전사가 손짓으로 아이들을 쫓아냈다. 계단을 올라 안으로 들어가자, 광장처럼 넓은 공간이 나오고 곳곳에 테이블이 보였다. 안쪽으로는 위로 올라가는 계단이 또 있었는데, 양장 차림의 모던 걸과 늙은 신사가 손을 잡고 계단을 오르고 있었다. 이를 말 없이 지켜보던 셋 앞에 어린 소년이 나타났다.

"어서 오십시오. 손님, 예약하셨습니까?"

허준이 대답했다.

"아니, 예약은 안 했어."

"식사하러 오셨습니까? 아니면 술도 같이 드시러 오셨습니까?"

"황주를 마시러 왔지."

술을 마시는 손짓을 하며 허준이 대답하자 소년이 계단을 가리켰다.

"그럼, 이 층으로 모시겠습니다. 따라오십시오."

앞장선 소년을 따라 이 층으로 가자 좌우로 많은 방이 보였다. 어떤 방은 바닥에 앉도록 돼 있고, 다른 방은 의자와 둥근 테이블이 있었다. 소년은 제일 구석에 있는 방으로 셋을 안내했다. 붉은색 구슬을 꿴 주렴을 헤치고 안으로 들어가서 보니 서너 명이 앉을 만한 크기였다. 구석에 있는 옷걸이에 코트와 양복 상의를 걸고 나서 허준이 메뉴판을 내민 소년에게 말했다.

"황주랑 송화단으로 시작하마."

"알겠습니다, 손님. 물수건이랑 차부터 먼저 올리겠습니다."

소년이 나가고 잠시 후, 종업원이 나무로 된 둥근 쟁반에 찻주전자와 살짝 뜨거운 물수건을 가져다주었다. 물수건으로 손을 닦은 허준이 신현중에게 물었다.

"그런데 경성제대를 다니다가 왜 신문사에 온 거야? 졸업만 하면 신문사 따위는 거들떠보지 않아도 되는데 말이야."

백석이 따라준 차를 한 모금 마신 신현중이 한숨을 쉬며 힘들어하는 표정을 지었다.

"사고를 좀 크게 쳤어."

백석은 그게 무슨 의미인지 알고 있어서 말없이 차만 마셨다. 그가 다녔던 오산고등보통학교는 남강 이승훈이 세운 곳으로 민족의식을 고취하는 교육을 한다고 잘 알려져 있었다. 나서지 않는 성격 탓에 독립운동을 하지는 않았지만, 백석도 마음속으로는 일본의 지배를 부당하다고 여겼다. 백석의 그런 모습을 본 신현중이 쓴웃음을 지었다.

"경성제일고등보통학교를 졸업하고 경성제국대학교 법학과에 입학한 게 1927년이었어. 고향에서는 난리가 났었지."

신현중의 얘기를 들은 백석과 허준은 약속이나 한 듯 동시에 고개를 끄덕거렸다. 경성에 세워진 대학교지만 정작 조선인보다 일본인 입학생이 더 많았다. 그래서 내로라하는 천재들도 그 학교의 문턱을 넘기가 어려웠다. 동네에 경성제대에 입학한 사람이 나오면 그 자체로 자랑거리가 되기에 충분했다. 잠시 대화가 끊긴 사이, 아까 그 소년이 황주가 든 작은 항아리 모양의 병과 잔, 그리고 송화단이 든 접시를 가지고 왔다. 테이블에 음식을 놓은 소년에게 허준이 말했다.

"식사는 술을 좀 마시고 할게."

"알겠습니다."

공손히 인사를 한 소년은 주렴을 헤치고 나갔다. 구슬끼리 부딪치는 소리가 잔잔하게 들렸다. 허준이 술을 한 잔씩 돌리고 나서 건배했다.

"만남을 축하하며!"

셋은 단숨에 술잔을 들이켰다. 황주가 목을 타고 흐르는 짜릿함에 잠시 눈을 껌뻑거리던 백석은 젓가락을 들어서 송화단 하나를 입에 넣었다. 신현중은 마시고 빈 술잔에 백석이 따라주는 술을 받은 후, 다시 말을 이어갔다.

"경성제대에 입학하고 얼마 후 광주에서 학생들이 항일운동을 벌인 걸 알게 되었어. 그 소식을 듣고 잠시 잊었던 조선의 처지가 떠올랐지. 고심하다가 뜻을 같이하는 동료들을 만났어. 조선공산당을 재건하려고 애쓰던 이들도 만났고 말이야."

조선공산당이라는 말에 허준이 갑자기 가게 안을 둘러봤다. 하지만 신현중은 개의치 않고 말했다.

"표면적으로는 독서회라고 모였지만 어떻게 하면 일본의 제국주의에 대항할 것인지 논의했어. 그래서 제국주의에 대항한다는 뜻의 반제동맹을 결성했지."

생각보다 어마어마한 내용에 나머지 둘은 입을 다물고 신현중의 얘기에 자연스럽게 귀를 기울였다. 송화단과 함께 나온 단무지를 한입 베어 문 신현중이 황주를 살짝 마시고 이야기를 이어갔다.

"처음에는 경성제대 학생들끼리 시작했지만, 경성의 고등보통학교로 조직을 확대했고, 나중에는 신문사랑 총독부에서 일하는 조선 사람들도 포섭했지. 그러다 일본이 만주사변을 일으키는 걸 보고는 직접 행동하기로 결심했어."

"어떻게 행동하기로 했는데?"

허준의 물음에 신현중이 씩 웃으며 대답했다.

"일제의 만행을 규탄하고 침략을 비난하는 유인물을 수천 장 만들어서 학교랑 극장에 뿌렸지."

"맙소사."

백석은 하마터면 술잔을 떨어뜨릴 뻔했다. 처음 봤을 때부터 평범한 사람은 아니라고 생각했지만, 이 정도의 일을 벌였을 거라고는 미처 생각하지 못했다. 무거운 침묵이 이어지는 가운데 같은 층의 어떤 손님이 축음기를 틀었는지 윤심덕이 부른 〈사의 찬미〉가 흘러나왔다. 말없이 노래를 듣던 신현중이 다시 입을 열었다.

"유인물을 뿌리고 함흥으로 잠시 몸을 피했어. 얼마 뒤 경성으로 돌아와 다시 활동하려다가 경찰에 체포되고 말았지. 우리가 벌인 일을 신문에서는 반제동맹사건이라고 부르더군."

신현중이 얘기하는 사이 술을 한 모금 마신 백석이 물었다.

"재판도 받은 거야?"

"물론이지. 검사가 전향하면 집행유예로 풀어주겠다고 했지만, 끝까지 버텼어. 덕분에 삼 년 형을 선고받고 서대문형무소에 있었지. 석방되고 나서 신문사에 입사한 거야."

"경성제대로 복학은 안 하고?"

이어진 백석의 물음에 씁쓸한 표정으로 고개를 저은 신현중이 말했다.

"총독부에서 일하시던 아버지가 나 때문에 파면당했어. 그러면서 집안 형편이 기울었고. 유인물을 뿌리고 저항했던 것을 나는 지금도 후회하지는 않아. 하지만 아버지만 생각하면 미안함을 감출 수 없어. 그래서 하루빨리 집안을 일으켜 세우고 아버지의 근심을 덜어드리기 위해서 취직한 거야."

신현중의 사연을 들은 두 사람은 아무 말도 할 수 없었다. 그런 두 사람에게 신현중이 웃으며 말했다.

"분위기 너무 무겁게 하지 말라고. 난 포기하지 않았으니까."

백석이 말없이 신현중의 잔을 채워주고는 잔을 부딪쳤다. 건너편 방에서 틀어놓은 축음기에서 〈사의 찬미〉의 후렴구가 선명하게 들려왔다.

눈물로 된 이 세상에

나 죽으면 고만일까

행복 찾는 인생들아

너 찾는 것 허무

말없이 노래를 듣던 허준이 깊게 한숨 쉬었다.

"에이, 술이나 한 잔씩 더 하자."

황주가 든 항아리 술병을 든 허준이 두 사람에게 술을 나눠줬다. 황주가 찰랑거리는 술잔을 둘이 연거푸 들이켜니 술병이 금방 비워졌다. 허준이 소년을 불러서 황주 한 병과 양장피를 추가로 주문했다. 노래가 들려왔던 건너편 방에서는 왁자지껄한 웃음소리와 박수 소리가 들려왔다.

추가로 주문한 황주까지 비운 셋은 씁쓸한 마음을 안은 채 아서원을 나왔다. 아까 맞이해 주고 음식을 날랐던 소년이 나무로 된 배달통인 식함을 들고 계단을 뛰어 내려갔다. 근처로 배달을 가는 것 같았다. 멀어져 가는 소년의 어깨 위로 한층 더 어둑해진 세상이 내려앉았다. 잠시 후, 가로등이 켜지면서 희뿌연 빛의 씨앗을 뿌렸다. 그걸 본 허준이 또다시 투덜거렸다.

"젠장, 조선인들이 있는 종로는 도로도 포장을 안 해줘서 맨날 흙먼지 날리고, 가로등도 없어서 어두컴컴한데 여기는 완전 별천지네. 별천지야."

백석도 씁쓸하게 웃었다. 약간 뒤떨어져서 걷던 신현중이 그런 두 사람의 어깨에 손을 올렸다.

"두 사람의 글이 어둠을 밝혀주는 빛이 되면 되잖아."

가로등을 올려다본 신현중이 말을 덧붙였다.

"저런 가짜 빛 말고 말이야."

신현중의 얘기에 백석이 말없이 총독부 청사 쪽을 바라보다가 입을 열었다.

"저기 원래 광화문이 있었지?"

백석의 물음에 허준이 고개를 끄덕거렸다.

"원래는 아예 허물려고 했었지. 그런데 반대 여론이 심하니까 건춘문 쪽으로 치워버렸잖아. 사실상 조선의 빛을 없앤 거지. '광화'라는 빛 말이야."

허준이 잠시 울컥한 표정을 짓다가 덧붙였다.

"이제 우리가 그 빛이 되어야지. 펜으로 말이야."

"우리가 세상을 밝힐 수 있을까?"

백석의 물음에 허준이 두 팔로 신현중과 백석의 어깨에 손을 올렸다.

"우리 셋이라면 못 할 것도 없지. 아예 이름도 정할까? 광화문 삼인방 어때?"

잠시 생각하던 백석이 고개를 끄덕거렸다.

"나쁘지 않네. 광화문 삼인방."

백석은 신현중을 바라봤다. 잠시 침묵을 지키던 신현중이 동료들을 보며 말했다.

"서대문형무소에 갇혔을 때 말이야. 검사의 조사를 받으러 보안과 청사 지하실로 끌려갔어. 거기에 뭐가 있는지 알아?"

둘이 고개를 돌려 바라보자, 신현중이 고개를 끄덕거렸다.

"맞아. 고문실이 있었어. 어두컴컴한 지하에서 비명을 지를 힘도 없는 사람들의 흐느낌이 들렸어. 가끔은 간수들이 일부러 다른 사람이 고문받는 장면을 보여주기도 해. 거꾸로 매달려 있던 사람과 눈이 마주친 적도 있었지. 한번은 고문실 의자에 앉은 간수가 장화를 신은 발로 나무 상자를 툭툭 치고 이리저리 밀어대는 걸 본 적이 있어. 나중에 물어보니까 독립운동 하다 잡혀 온 사람을 그 상자 안에 넣어놨다고 하더라고."

신현중의 얘기를 들은 백석이 중얼거렸다.

"지독한 놈들."

"그뿐만이 아니었어. 간수가 얘기해 주기를 안쪽에는 못이 박혀 있다는 거야. 그러니까 간수가 발로 차고 밀면 못에 이리저리 찔릴 수밖에 없는 거지. 그런 곳을 지나서 심문실로 들어가면 검사가 온갖 방법으로 나를 회유했어. 아버지가 나 때문에 해고되어서 고통받고 있고, 동료들은 나를 팔아서 이미 풀려났다고 말이야. 그때마다 나는 희망을 생각했어."

"희망?"

허준의 조심스러운 물음에 신현중은 씁쓸하게 웃었다.

"언젠가는 새로운 날이 올 거라는 희망 말이야. 내 어깨를 짓누르는 억압감이 사라지고, 날개가 돋아나는 해방감을 느낄

날이 올 거라고 믿었지."

황금정을 걷던 세 사람은 아까 봤던 경성부청이 나오자, 약속이나 한 듯 오른쪽으로 방향을 틀었다. 조선시대 왕조를 지탱하는 관청이 있던 육조거리에 이제는 일본이 지은 신식 건물만 가득했다. 그리고 그 끝에는 웅장하고 끔찍한 조선총독부가 버티고 있었다. 전조등을 켠 전차가 퇴근하는 사람들을 가득 실은 채 느릿느릿 그곳을 향해 달려갔다. 셋은 말없이 걸었다. 온갖 사람이 세 사람의 곁을 스쳐 지나갔다. 담배를 입에 문 채 취해서 비틀거리는 모던 보이, 지친 일과를 마치고 터덜터덜 빈 인력거를 끌고 가는 인력거꾼, 뭐가 들었는지 모를 보퉁이를 옆구리에 낀 채 발걸음을 재촉하는 아낙네, 시골에서 올라왔는지 갓과 도포를 쓴 채 주변을 두리번거리는 노인, 그리고 너덜너덜한 가방을 옆구리에 낀 채 어디론가 달려가는 교복 입은 학생들까지. 활동사진처럼 스쳐 지나가는 그들을 역류해 앞으로 나아간 셋은 마침내 조선총독부 앞에 섰다. 곳곳에 불이 켜진 조선총독부는 화강암으로 만든 사각형 건물 위에 커다란 돔이 올라간 형태였다. 본래 광화문을 지키던 한 쌍의 해태가 이제 총독부를 지키고 있었다. 하늘로 치솟은 총독부의 돔을 올려다본 신현중이 울분을 터트렸다.

"진짜 너무 크네."

"돈도 엄청나게 들었겠지?"

다소 엉뚱한 허준의 물음에 신현중이 고개를 끄덕거렸다.

"원래 계획된 공사비는 삼백만 엔이었는데 육백만 엔이 넘게 들었다고 하더라고. 설계도 원래 외국인이 했다가 갑자기 죽어서 일본인이 다시 설계했고 말이야."

신현중의 얘기를 들은 백석이 다소 놀란 표정으로 물었다.

"어떻게 그런 걸 다 알아?"

"아버지가 총독부에서 일하셨잖아. 집에 돌아오셔서 이런저런 얘기를 해주셨어. 그리고……."

숨을 한껏 들이켰다가 힘겹게 내쉰 신현중이 고백하듯 털어놨다.

"사실은 말이야. 청사 낙성식 때 왔었어."

"진짜?"

놀란 백석의 반문에 힘겹게 고개를 끄덕거린 신현중이 입을 열었다.

"경성제대 입학하기 일 년인가 이 년 전이었을 거야. 사람들도 엄청 많이 왔고, 외국의 무슨 왕자랑 고관들도 와서 구경했다고 하더라. 안에 들어가니까 엄청 호화로웠어. 계단은 대리석으로 만들어졌고, 중앙 홀에는 엄청나게 큰 벽화도 그려져 있고 말이야."

"엄청났겠네."

"다들 입을 다물지 못했지. 아마 절망감을 느낀 사람이 꽤 있었을 거야. 일본이 절대로 그냥 떠나지 않을 것이라는 걸 뼈저리게 느꼈을 테니까. 하지만 난 희망을 봤어."

"무슨 희망?"

"그날 종로의 단성사에서 영화 〈아리랑〉을 개봉했거든."

신현중의 대답에 둘의 입에서 짧은 감탄이 동시에 새어 나왔다. 백석은 오산고등보통학교를 다니던 시절 시내에서 그 영화를 본 기억이 있었다. 허준 역시 영화를 봤는지 나운규라는 이름을 언급했다. 둘의 얘기를 들은 신현중이 당시의 기억을 더듬었다.

"너무 답답해서 무작정 시내를 걷다가 영화가 개봉한다는 얘기를 듣고 표를 끊어 들어갔지. 영화를 보면서 펑펑 울었어."

"나도 그랬어."

백석의 얘기를 들은 신현중이 가볍게 웃었다.

"마치 만세 시위를 하는 것 같은 분위기라서 지켜보던 순사가 안절부절못하는 게 느껴질 정도였지. 영화가 끝나고 밖으로 나오니까 다들 눈시울이 붉어져 있더군. 좀처럼 흥분이 가라앉지 않아서 주변을 맴도는데 사람들이 하도 모여드니까 기마 순사대까지 왔더라고."

신현중의 말에 백석도 그 영화를 봤던 때를 떠올리며 입을 열었다.

"그날 사람들이 엄청나게 울었던 모양이네. 하긴 나도 그랬으니까."

"조선총독부를 보고 절망에 빠졌던 사람들이 〈아리랑〉을 보고는 주먹을 불끈 쥐며 생각했을 거야. 포기하지 말자고 말이야. 나도 그중 한 명이었고."

셋이 얘기를 주고받는 동안 한 중년의 남자가 옆으로 지나갔다. 두루마기에 중절모를 쓴 조선 사람이긴 하지만 일본 경찰의 밀정일 수도 있어서 세 사람은 그대로 입을 다물었다. 중년 남자는 갑자기 발걸음을 멈추더니 중절모를 벗었다. 그리고 모자를 부채처럼 얼굴을 향해 부치면서 총독부를 올려다봤다. 잠시 말없이 건물을 바라보던 중년 남자는 한숨을 쉬며 고개를 절레절레 저었다. 그러고는 중절모를 도로 쓰고 발걸음을 옮겼다. 밀정인 줄 알고 조심스럽게 바라봤는데, 그가 자신들과 같은 생각을 하는 듯하자 셋은 안도의 한숨을 쉬었다. 백석은 괴물처럼 서 있는 조선총독부를 바라보면서 두 사람에게 말했다.

"우리 약속 하나 할까?"

"무슨 약속?"

허준의 물음에 백석이 총독부를 응시하면서 말했다.

"저 총독부가 무너지는 날, 여기 다시 와서 만나기로 말이야."

백석의 제안에 둘 다 어두컴컴한 총독부 건물을 올려다봤다. 도저히 무너질 것 같지 않고, 영원히 사라질 것 같지 않았다. 육중한 건물을 한참 바라보던 허준이 생각이 바뀐 듯 어깨를 으쓱거렸다.

"까짓것, 세상에 영원한 게 어디 있다고. 저거 무너지는 날 여기서 다시 만나서 축배를 들자고."

허준의 말에 신현중도 합세했다.

"나도, 저게 무너지는 날이 오면 기어 오는 한이 있어도 여기로 오지."

둘의 대답을 들은 백석은 다시 조선총독부 청사를 바라봤다. 여전히 높고 견고해 보였지만 결코 철옹성은 아니라는 생각이 들었다. 친구들과 유쾌하게 웃고 떠들수록 총독부는 더욱더 약해지고 낮아졌다.

세 사람의 길

신문사에 입사해서 정신없던 1934년이 지나고 세 사람에게 적지 않은 변화가 찾아왔다. 가장 늦게 교정부에 들어온 신현중은 이듬해 초에 사회부로 옮겼다. 백석과 허준 역시 출판부로 옮겨서 신문사가 준비하던 잡지 발간 업무에 투입되었다. 기자들의 원고를 살펴보기만 하던 교정부에 비해 이것저것 할게 많았지만, 교정부 부장 송유철의 잔소리와 짜증, 그리고 험담, 나날이 심해지는 검열을 피할 수 있어서 백석은 너무나도 행복했다. 더 행복한 건 유월에 새로운 사옥으로 이사했다는 점이다. 자그마한 이 층짜리 건물이 아니라 지하 일 층에 지상 사 층 높이의 커다란 신축 건물이라서 교정부 부장 송유철과 마주칠 일이 적었다. 신문사의 새로운 사옥은 덕수궁으로 이름이 바뀐 경운궁과 영국 영사관, 영국 성공회 성당, 그리고 비슷한 시기에 완공된 부민관 옆에 자리 잡았다. 성공회 성당 앞도 공사가 한창인데, 조선 체신사업회관이 들어올 예정이었다. 건너편 대각선으로는 나름 라이벌인 동아일보 사옥이 있는데, 중간에 청계천이 있어서 천변이 마치 국경선 같은 느낌을 주었다. 가을에서 겨울로 접어드는 시절이라 낙엽도 사라진 지 오래였다. 창문이 싸늘한 바람에 두들겨 맞으면서 비명을 지르듯 덜컹거리는 소리와 오가는 사람들의 두툼한 옷차림을 보면서 백석은 계절을 느꼈다. 창밖으로 동아일보를 물끄러미 보면서 점심시간을 기다리던 백석의 귀에 허준의 목소리가 들려왔다.

  산턱 원두막은 비었나 불빛이 외롭다
  헝겊심지에 아주까리 기름의
  쪼는 소리가 들리는 듯하다

  잠자리 조을던 무너진 성터
  반딧불이 난다 파란 혼들 같다

어데서 말 있는 듯이 커다란 산새 한 마리가

어두운 골짜기로 난다

헐리다 남은 성문이

하늘빛같이 훤하다

날이 밝으면 또 메기수염의 늙은이가

청배를 팔러 올 것이다

백석이 얼마 전 신문에 발표한 시 〈정주성〉을 요란스러운 목소리로 읽은 허준이 박수까지 치면서 백석의 책상에 엉덩이를 붙였다.

"이거, 얼마 만에 쓴 거야?"

백석은 사실 이 시를 쓰는 데 오래 걸리지 않았지만, 요즘 부쩍 시에 관심을 기울이는 허준이 마음 상하지 않을 대답을 해줬다.

"두 달 정도?"

"나는 자네가 세계 평화와 인류의 번영 같은 걸 얘기할 줄 알았지."

키득거리는 허준에게 백석이 서글픈 표정으로 대답했다.

"지금 돌아가는 시국에 그런 건 보이지 않잖아."

신문사에 다니면서 온갖 뉴스, 특히 해외에서 전해지는 소식을 빨리 들었다. 독일의 히틀러 총통은 베르사유조약을 파기했고, 일본은 중국의 동북 지역을 차지한 것에 만족하지 않고, 만리장성 이남의 땅을 노려서 연일 중국을 위협했다. 어느 소식을 들어도 미래가 밝아 보이지 않았다. 주변을 슬쩍 둘러본 허준이 백석에게 말했다.

"사회부로 간 현중이한테 들었는데 말이야. 일본이 미국이랑 공공연하게 틀어지고 있는 것 같대."

"미국이랑?"

백석의 물음에 허준이 고개를 끄덕거렸다.

"미국은 일본더러 중국에서 물러나라고 하는데, 일본은 전혀 그럴 생각이 없는 것 같아."

"하긴, 쏟아부은 병력이랑 물자가 얼만데 물러나라 한다고 곱게 물러나겠어."

우울한 표정을 지은 백석을 본 허준이 화제를 돌렸다.

"그런데 정주성은 홍경래의 반란군이 마지막으로 전멸당한 곳 아니야?"

"맞아. 내가 거기 살 때 노인들이 얘기하는 걸 많이 들었어."

"그런데 시에서 왜 그 얘기는 안 하고 메기수염 늙은이만 나오는 건데?"

"나한테는 그게 더 중요하고 인상적이었으니까."

"너한테 시는 고향이구나."

허준이 씩 웃으며 말하자 백석이 고개를 끄덕거렸다.

"그럼, 나는 고향으로 돌아갈 거야."

"가서 뭐 하게?"

"학교 교사? 가르치는 건 자신 있으니까."

"기자나 시인으로 남아 세상을 가르치는 건 어때?"

허준의 장난기 어린 얘기에 잠시 생각하던 백석이 고개를 저었다.

"잘 가르칠 자신이 없어."

둘이 웃고 떠드는데 함대훈* 편집 주임이 불쑥 나타났다. 황해도 송화 사람인 그는 턱이 뾰족하고 얼굴이 갸름해서 인상

---

* 함대훈(1896~1949)이 편집 주임을 맡은 건 1937년이다. 그는 1940년대에 접어들면서 친일 행각을 벌였다. 친일 문학인과 친일반족행위자 명단에 들어 있다.

71

이 날카로웠다. 일본에서 러시아문학을 전공한 그는 귀국해서는 동료들과 극단을 만들어 러시아 소설을 원작으로 하는 작품을 무대에 올렸다. 카프에 참여해 많은 논쟁을 벌인 것으로도 유명했다. 신문사에 들어와서는 사회부, 학예부를 거쳐서 출판부 편집 주임으로 자리매김했다. 러시아어와 러시아문학에 관심이 있던 백석은 그나마 교정부 부장보다는 그를 더 편하게 생각했다. 함대훈 편집 주임에게 둘이 인사하자 출판부 주간이 쓰는 사무실을 가리키며 말했다.

"주간님이 찾으신다. 가자."

백석과 허준은 서랍에서 수첩과 펜을 꺼내 챙긴 후에 함대훈 편집 주임의 뒤를 따랐다. 주간실의 문을 노크한 함대훈 편집 주임이 문고리를 슬쩍 돌렸다. 창가를 등진 책상에 앉아서 담배를 피우며 신문을 보던 이은상 주간이 고개를 들었다. 연희전문학교를 졸업하고, 이화여전에서 교수로 있던 그는 동아일보에서 기자로 일했고, 잡지 〈신가정〉의 편집을 맡았다. 시와 평론은 물론 수필도 썼는데, 몇 편은 백석도 읽은 적이 있어 그를 잘 알았다. 방응모 사장이 잡지를 창간하기 위해 동아일보에서 이미 잡지 편집을 해봤던 그를 조선일보로 데려온 것이다. 신문을 접어서 테이블에 올려놓은 이은상 주간은 소파에 앉는 함대훈과 두 사람을 보면서 말했다.

"아까 사장님과 점심 먹었는데 올해 안에는 무조건 창간호가 나와야 한다고 하셨네."

이은상 주간의 얘기를 들은 함대훈 편집 주임이 바로 대답했다.

"연말은 애매하고 십일월 호부터 내야 하지 않겠습니까?"

"그게 좋겠지. 시사부터 문학, 취미와 실생활까지 모두 망라해서 만들어야 해. 동아일보는 물론이고 조선중앙일보도 잡지를 내고 있는데, 우리가 손을 놓고 있을 수는 없잖아. 대충 만들 수도 없고."

"물론입니다. 그런데 제호는 정해졌습니까? 그것부터 나와야 시작할 텐데요."

함대훈 편집 주임의 물음에 이은상 주간이 대답했다.

"〈조광〉으로 정했네."

"아침 햇살이라는 뜻입니까?"

"새로운 잡지의 슬로건은 '상식 조선의 형성'이야. 우리 잡지는 상식 조선의 아침 햇살 같은 역할을 맡을 거야."

함대훈 편집 주임이 고개를 끄덕거리는 사이, 이은상 주간이 백석과 허준을 바라봤다.

"백석 군은 시를 싣고, 허준 군은 소설을 싣도록 하게."

어느 정도는 예상했던 터라 백석은 짧게 알겠다고 대답했고, 허준 역시 별수 없다는 표정으로 "네"라고 대답하며 고개를 끄덕거렸다. 이은상 주간은 최고급으로 승부를 보겠다며 함대훈 편집 주임에게 표지와 인쇄용지에 특히 신경 쓰라고 거듭 강조했다. 회의가 길게 이어지자, 백석은 답답함에 내년에 낼 시집의 표지와 제목을 생각하면서 지루함을 달랬다. 다행히 회의가 생각보다는 빨리 끝났다. 허준이 일어나면서 이은상과 함대훈에게 말했다.

"저희는 나가서 잡지에 들어갈 만한 소소한 이야깃거리를 좀 찾아보겠습니다."

이은상이 허락하자 허준은 재빨리 백석을 데리고 밖으로 나왔다. 조심스럽게 문을 닫은 허준이 백석의 팔을 세게 잡아끌었다.

"아이고, 회의만 하면 죽을상이니, 출세하긴 글렀다 너도."

"남 얘기하고 있네. 너도 못 견뎌 하던데?"

"나는 그냥 문학만 있으면 괜찮아."

그리고 헤벌쭉 웃었다.

"부인이랑."

둘이 껄껄 웃으며 계단을 내려갔다. 현관으로 나가려는데 뒤에서 짜증 나는 목소리가 들렸다.

"아니, 퇴근 시간도 아닌데 어딜 가는 거야?"

돌아보니 옆구리에 손을 짚은 채 파이프를 입에 물고 있는 송유철 교정 부장이 보였다. 그는 못마땅한 듯이 물고 있던 파이프로 백석의 머리를 가리키며 잔소리를 이어갔다.

"머리가 그게 뭐야? 진고개의 미용실도 그렇게는 못 하겠다. 왜 머리를 애써 세웠다가 다시 눕히는 건데?"

송유철의 카랑카랑한 목소리 때문에 그 근처에 있던 기자들과 직원 몇 명이 고개를 돌린 채 킥킥거렸다. 유난히 깔끔 떠는 성격 때문에 친한 사람하고만 터놓고 지내는 백석은 신문사 안에서 평판이 그다지 좋지 않았다. 그걸 잘 아는 송유철은 일부러 사람들 앞에서 백석의 성격과 머리 스타일을 지적하며 망신 주곤 했다. 참다못한 허준이 발끈해서 성질을 내려하자 백석이 슬쩍 말리면서 송유철에게 이렇게 대답했다.

"다음부터 주의하겠습니다."

송유철에게 지적받으면 백석이 늘 하는 얘기였다. 이렇게 대답하면 보통은 그냥 넘어가는데, 이번에는 한마디 더 했다.

"비율빈(필리핀) 사람처럼 까무잡잡하면서 모던 보이 흉내라니, 지나가는 개가 웃겠어."

이번에는 백석 역시 발끈하는 마음이 들었다. 그때 뒤에서 누군가가 뛰어오면서 송유철을 살짝 들이받았다. 균형을 잃은 송유철이 휘청거리면서 앞으로 넘어졌다. 송유철을 뒤에서 들이받은 사람은 교정부에 있다가 몇 달 만에 사회부로 옮긴 신현중이었다. 그는 전혀 미안해하지 않는 말투로 사과했다.

"아이고, 괜찮습니까? 급한 취재가 있어서 죄송합니다."

그러고는 백석과 허준에게 말했다.

"늦어서 미안, 어서 가자."

두 사람의 팔을 잡아끌고 현관으로 나가려는 신현중을 송유철이 불러세웠다. 신음을 내며 일어난 송유철이 대체 무슨 취재냐고 따져 물었고, 신현중은 심드렁하게 대답했다.

"조선공산당 재건동맹 재판*입니다. 가인 김병로와 애산 이 인 변호사도 참석한답니다."

신문사에서 가장 급하고 중요한 일은 기자가 취재하는 것이 기 때문에 사장도 말리거나 방해하지 않았다. 송유철은 짜증 을 내며 말했다.

"너네를 광화문 삼인방이라고 부른다지? 글 좀 쓰고 뭉쳐 다 닌다고 뭐라도 된 것 같아? 한 놈은 시대 흐름도 못 읽고 세상 이 변할 거라 믿고 설치는 녀석이고, 다른 한 놈은 결벽증에다 맨날 뭐 하나 제대로 결정하지 못해 고민만 계속하지. 나머지 도 매일 부인이 차려주는 밥만 먹는 놈일 뿐인데, 광화문 삼인 방은 무슨……."

신현중은 들은 척도 안 하고 신문사 현관문을 세게 닫았다. 그리고 계단을 내려가면서 투덜거렸다.

"재수 없는 놈 같으니라고. 염병이나 걸려라."

뒤따라가던 허준이 낄낄거리며 말했다.

---

* 1935년 11월 22일 오전 9시 40분 경성지방법원 특별 대법정에서 열린 조선공산당 재건 동맹 관련 재판이다. 〈조광〉 창간호의 발행일은 1935년 11월 1일이기 때문에 조선공산 당 재건동맹 관련 재판과 시간대가 맞지 않는다. 하지만 식민지 조선의 엄혹한 상황과 세 사람의 처지를 보여주기 위해 작가적 상상력을 발휘했다.

"이야, 경성제대 출신이 그렇게 험한 욕을 해도 돼?"

"너도 알잖아. 예전부터 걸핏하면 경성제대 어쩌고 하면서 꾸중했던 거."

앞장선 신현중의 대답에 허준이 고개를 끄덕거렸다.

"알고말고."

백석도 그때를 기억했다. 송유철은 굳이 지적하지 않아도 될 정도의 일로 신현중을 불러서 꾸중했다. 그때마다 경성제대를 다녔다면서 이 정도도 못 하냐고, 어떻게 입학했는지 모르겠다고 인격을 모독하는 발언까지 했다. 신현중이 결국 몇 달 만에 사회부로 옮긴 건 그 탓도 있었다. 다행히 사회부는 힘이 세서 아무리 교정부 부장이라고 해도 따로 건드리지 못했다. 그래서 송유철은 아직 잡지가 발간되지 않아 눈칫밥을 먹어야 하는 출판부의 허준과 백석만 계속 괴롭혔다. 이런 상황에서 신현중이 위기에서 둘을 구해준 것이다. 담배를 입에 문 허준이 물었다.

"그나저나 어디로 가는 거야? 처남."

"경성지방법원. 정동에 있으니까 걸어가면 금방이야. 매부."

서로를 처남, 매부라 부르는 두 사람을 뒤따라가면서 백석은 문득 그녀를 떠올렸다.

얼마 전, 신현중은 스무 살이 넘은 자기 여동생을 허준에게 소개해 줬다. 이름이 신순영인 여동생은 서대문에 있는 죽첨 보통학교 교사로 일하고 있었다. 백석은 처음에 그 얘기를 들었을 때 쓸데없는 짓이라고 생각했다. 백석이 보기에 허준은 글을 쓰고 친구와 만나는 것 외에는 세상사에 크게 관심이 없었기 때문이다. 허준은 외할머니가 운영하는 낙원동 여관에서 뒹굴뒹굴하면서 지냈다. 그런데 어느 날 갑자기 허준이 신현중의 여동생과 결혼한다고 해서 백석은 깜짝 놀라고 말았다. 왜 결혼하느냐는 백석의 물음에 허준은 그다운 대답을 했다.

"안 할 이유가 있어?"

그렇게 신현중과 허준은 처남과 매부 사이가 되었고, 백석은 허준의 결혼을 축하하는 자리에 초대받아 갔다가 이화여고보에 다니는 박경련을 만났다. 신현중의 누나 역시 교편을 잡고 있었는데, 박경련은 그 누나가 통영에서 교사로 있을 당시에 가르쳤던 옛 제자 중 한 명이었다. 특별히 아름답다는 인상보다는 그냥 가슴을 뚫고 들어오는 것 같은 미소에 백석은 애간장이 닳아버리는 것 같았다. 박경련을 만나고 돌아와 하숙집에서 짧게 에세이를 썼고, 마지막에 '편지'라고 제목을 적었다.

박경련에게 보내는 마음의 편지인 셈이었다. 백석은 보통 자신이 쓴 시나 소설을 허준에게 모두 보여줬다. 허준 역시 마찬가지였다. 하지만 이 편지만큼은 도저히 보여줄 수 없었다.

백석이 박경련을 생각하면서 걷는데 앞장서서 걸으면서 처남 타령을 하던 허준이 힐끔 백석을 돌아봤다.

"얼굴이 붉은 걸 보면 여성을 생각하고 있는 게 분명해."

허준의 예리한 지적에 백석은 뭐라고 하지도 못하고 입을 다물었다. 그런 모습을 본 둘은 낄낄거리며 웃음을 참지 못했다. 이제 덕수궁으로 이름이 바뀐 경운궁의 대한문 앞을 지나서 정동 거리로 들어섰다. 대한제국 시절 외국 공사관과 교회, 학교 들이 빼곡하게 들어섰던 곳으로 외국인 거리라고도 불렸다. 지금도 외국인들이 살고 있는지 높다란 실크햇을 쓴 외국인이 레이스 달린 드레스를 입은 여성과 팔짱 낀 채 걸어가고 있었다. 터벅터벅 걷는 신현중에게 허준이 물었다.

"처남, 요즘도 몰래 요상한 출판물을 찍으시나?"

신현중은 주변을 돌아보며 대답했다.

"같이 잡혀가고 싶으신가? 원한다면 가담시켜 드리지. 매부."

그러고는 거리 주위를 두리번거렸다.

"뭐 찾아?"

"여기쯤 길 위로 다리*가 지나갔는데 말이야. 안 보이네?"

두리번거리며 묻는 신현중의 말에 허준이 코웃음을 쳤다.

"왜놈들이 없애버렸겠지. 개들은 그런 게 특기잖아."

신현중이 키득거리며 맞다고 대답하고는 걸음을 재촉했다. 조금 더 걷자 정동제일예배당의 사각형 탑이 보였다. 그 너머에 박경련이 다니는 이화여고보가 있었기 때문에 백석은 흠칫했다. 다행히 이번에는 두 사람이 얘기를 나누느라 백석의 속마음을 알지 못했다. 예전 평리원 자리에 지어진 경성지방법원은 언덕 위에 있는데, 아래쪽부터 사람들로 북적거렸다. 대부분 갓을 쓴 도포 차림의 중년 남성이었고, 노인들과 치마저고리를 입은 중년의 여성들도 있었다. 그중에 양복 차림의 모던 보이도 몇 명 눈에 띄었다. 그걸 본 허준이 낮게 비명을 질렀다.

"어이쿠, 참관인들이 어마어마하네."

---

* 정동 거리를 가로지르는 다리는 덕수궁 맞은편에 있는 의정부 청사와 연결하기 위해 만든 구름다리다. 대한제국이 일본의 식민지가 되면서 철거되었다. 현재는 덕수궁 담장에 석축의 흔적이 남아 있고, 안내판이 세워져 있다.

허준의 얘기를 들은 신현중이 대답했다.

"재판을 받는 사람이 서른 명이 넘잖아. 거기다 경성제대 일본인 교수도 같이 재판받거든, 법학 교수였는데 이름이⋯⋯."

얼굴을 찡그리며 잠깐 고민하던 신현중이 말했다.

"아! 미야케 시카노스케(三宅鹿之助)였어."

백석은 구름 떼처럼 모인 인파를 보면서 중얼거렸다.

"어마어마하군."

그러면서 한편으로는 미안함과 죄책감을 느꼈다. 누군가는 빼앗긴 조국을 위해 하나밖에 없는 목숨을 걸고 싸우는데, 자신은 신문사에서 편안하게 소설과 시를 쓰면서 세월을 보내고 있었기 때문이다. 경성지방법원은 언덕 위에 삼 층으로 지어진 건물이었다. 사각형에 노란색 스크래치 타일을 쓴 창문이 길쭉하다는 것 외에는 평범했다. 하지만 세 개의 아치형 문이 있는 포치(건물의 출입구나 현관)는 건물에 비해서 꽤 큰 편으로 양옆에 자동차나 마차가 올라갈 수 있는 경사로가 있었다. 그 앞은 재판을 보러 온 피고인들의 가족과 친척, 그리고 친구들로 인산인해를 이뤘고, 그들을 통제하기 위해 수십 명의 순사들이 나와 있었다. 순사들이 호루라기를 불고 호통을 쳤지만,

수백 명을 통제하기가 쉽지 않았다. 셋은 인파를 헤치고 앞으로 나가 정문 경비에게 기자증을 보여주고는 법원 안으로 들어갔다. 한숨 돌린 백석이 코트 어깨에 묻은 먼지를 손가락으로 털어내면서 물었다.

"재판은 어디서 열려?"

"특별 대법정. 일 층 안쪽이야."

위로 올라가는 계단 옆을 지나자, 특별 대법정이라는 현판이 보였다. 안으로 들어서니 웬만한 교회나 성당 크기의 넓은 공간이 보였다. 기다란 나무 의자에는 벌써 적지 않은 사람들이 앉아 있었다. 세 사람도 최대한 앞쪽으로 나가서 앉았다. 겨우 자리를 잡은 이후에도 방청객들이 끊임없이 밀고 들어와 나중에는 문을 닫기조차 힘들었다.

잠시 후, 법복을 입은 재판장과 검사들이 들어왔다. 김병로와 이인 변호사는 양복 차림으로 변호인석에 미리 앉아 있었다. 잠시 후, 옆문이 열리고 포승줄에 묶인 채 머리에 용수를 쓴 조선공산당 재건동맹 관련 피고인이 줄줄이 들어왔다. 방청석에서 피고인의 이름을 부르며 울거나 화내는 사람도 있었다. 앞쪽에 나란히 앉은 피고인의 뒤에 서 있던 순사들이 피고인의 머리에서 용수를 벗겼다. 푸석푸석한 머리와 창백한 얼굴이 보였다. 제일 높은 곳에 앉은 재판장이 안경을 끌어 올리며 피고인의 이름을 차례차례 불렀다. 제일 먼저 이름이 불린 사람은 권영태였다. 재판장은 종이를 보면서 이름과 주소를 물었고, 권영태가 맞다고 확인하자, 정태식으로 넘어갔다. 그렇게 서른네 명의 이름을 일일이 호명하고 주소를 묻느라 시간이 쭉 흘러갔다. 확인 절차가 끝난 뒤 재판장이 재판을 시작하려는데 갑자기 피고인 중 한 명이 손을 번쩍 들었다. 주변에서 저 사람은 누구냐는 속삭임이 들려왔고, 손을 든 피고인이 큰 소리로 외쳤다.

"재판장! 남만희입니다. 우리는 감옥에서 삼 년 동안이나 갇혀 있느라 이렇게 한자리에 모인 것은 오랜만이니 잠깐이라도 인사할 수 있게 해주시오."

남만희의 갑작스러운 제안에 재판정이 술렁거렸다. 지켜보던 허준 역시 백석에게 속삭였다.

"배짱 하나 두둑하네."

"그러니까 목숨 걸고 독립운동을 하겠지."

잠시 당황했던 재판장이 안경을 끌어 올리며 남만희를 바라본 채 대답했다.

"전례가 없는 일이라 허락할 수 없다."

재판장이 딱 잘라 거절하자 다른 줄에 앉아 있던 죄수 한 명이 벌떡 일어났다.

"최경옥이오. 어제 재판장이 서대문형무소에 찾아와서는 재판정에서 온순하게 굴고 범죄 사실에 대해 철두철미하게 대답하라고 해놓고는, 우리가 온순하게 제안한 것을 단박에 거절하는 것은 이상한 일이오!"

수첩을 꺼낸 신현중은 연필로 이곳 상황을 정신없이 적었고, 그 사이 재판정은 더욱 혼란스러워졌다. 재판장이 진정하라고 한 후에 다시 재판을 진행하려고 하자, 이번에는 다른 피고인 둘이 동시에 소리쳤다.

"남만희가 제안한 것은 극히 옳다고 생각됩니다. 정상을 참작하여 주시오!"

다른 피고인들까지 옳다고 외치자, 재판장은 방금 소리친 피고인 중 목소리가 컸던 한 명을 재판정 밖으로 끌고 나가라고 순사들에게 말했다. 방청석 사이에서는 방금 끌려 나간 피고인이 이현상이라는 수군거림이 들렸고, 그 이름이 파도처럼 사람들 사이를 오갔다. 한숨 돌린 재판장은 권영태부터 심문을 시작하려고 했다. 그런데 다른 피고인들이 연신 "재판장" 하며 외치거나 손을 들고 긴급 제안이 있다고 소리쳤다. 그러자 재판장은 다급히 일반 방청을 금지한다며 피고인의 가족들 외에는 모두 나가라고 지시했다. 밖에 있던 순사들이 안으로 들어와서 나머지 방청객을 내보냈다. 신현중이 자신은 조선일보 기자라고 말하면서 잠시 버텨봤지만 소용없었다. 밖으로 나온 방청객들은 바닥에 주저앉아 울거나 목소리를 높이며 울분을 토했다. 신현중 역시 마찬가지였다.

"이렇게 멋대로 하면서 무슨 공정한 재판이라고!"

그런 신현중에게 백석이 물었다.

"아까 피고인이 삼 년 동안 갇혀 있었다는 건 무슨 소리야?"

"예심 제도 때문이야. 붙잡아 두고 자기네들이 원할 때 재판을 여는 거지."

"그럼 기다리는 동안 그냥 갇혀 있어야 하는 거야?"

백석의 물음에 신현중이 한숨을 쉬며 수첩을 덮었다.

"서대문형무소에 갇혀봐서 아는데 말이야. 거긴 여름에는

86

덥고 겨울에는 춥기가 이루 말할 수가 없어. 거기다 밥은 쥐꼬리만큼 주지. 혹독하고 가혹한 환경이라 지상의 연옥이나 다름없는 곳이야. 그런 곳에서 언제 재판받을지 기약 없이 기다리는 건 정말 고통스러운 일이야."

눈물까지 글썽거리는 신현중의 얘기를 들으면서 백석은 안타까움을 느꼈다. 신현중은 직접 경험해 봤던 일이라 더 감정이입이 되는지 방청객들과 함께 울분을 토해냈다. 허준 역시 밖으로 나오자마자 담배를 입에 물면서 한숨을 내쉬었다. 마침, 재판에 참석했던 가인 김병로가 밖으로 나왔다. 지켜보던 신현중이 재빨리 달려갔다. 두 사람도 허둥지둥 뒤를 따랐다. 신현중이 인사를 하고 신분을 밝혔다.

"저는 조선일보 신현중 기자입니다. 오늘 재판을 취재하러 왔습니다."

신현중의 얘기를 들은 가인 김병로가 기다렸다는 듯 입을 열었다.

"자네도 봤지만, 이건 정말 해도 해도 너무한 거 아닌가? 미리 얘기하지도 않고 재판을 비공개로 갑자기 전환해 버리는 건 정말 부당한 처사야."

"저도 취재하러 왔다가 놀랐습니다. 이번 재판에 대해서 어떻게 생각하십니까?"

신현중의 질문을 받은 가인 김병로가 쓰고 있던 모자를 벗어서 부채처럼 흔들었다. 날씨가 덥지는 않았지만, 화를 삭이지 못하는 것 같았다.

"일본은 항상 조선인과 일본인을 차별하지 않는다고 말해왔어. 하지만 늘 그렇듯이 그 말은 허울에 불과하지. 피고인들은 삼 년 동안 재판도 받지 못하고 갇혀 있었네. 물론, 그들의 돌발 행동이 과하다 할 수도 있지만 그걸 거절한 판사의 행동 역시 편파적이야."

"갑자기 비공개로 전환했는데요. 왜 그런 겁니까?"

"방청객이 많이 오고 취재진까지 오니까 부담을 느낀 거겠지. 아무리 그렇다고 해도 정당한 절차 없이 갑자기 비공개 재판으로 진행하는 건 말도 안 되는 일이야. 이번 일은 강력하게 항의할 생각이네. 자네도 오늘 일을 상세히 기사로 써주게. 지금 우리가 쓸 수 있는 무기는 진실과 정의, 그리고 여론밖에 없네."

"물론입니다."

신현중의 대답을 들은 가인 김병로는 믿는다는 말을 남기고는 자리를 떴다. 그 모습을 본 허준이 투덜거렸다.

"재판조차 공정하게 받지 못하네. 이럴 거면 왜 동등하게 대우해 준다고 거짓말을 한 거야?"

수첩을 접은 신현중도 한숨을 쉬었다.

"기사를 써도 보나 마나 교정 부장이 난도질할 거야. 그렇다고 안 쓸 수도 없고 미치겠네."

한참 동안 불만을 털어놓던 셋은 순사들이 뿜어내는 날카로운 눈빛을 뒤로한 채 아무 말 없이 경성지방재판소가 있는 언덕에서 걸어 내려왔다. 백석이 흔들거리는 마음을 털어놨다.

"이런 시대에 문학이 어떤 의미가 있을까?"

백석의 조용한 물음에 허준이 담배 연기를 뿜어내면서 대답했다.

"카프도 해산된 판국에 문학이 무슨 대답을 해줄 수 있겠어. 그냥 살아남은 자들의 절규지."

걸음을 멈춘 허준은 돌아서서 이제는 보이지 않는 경성지방법원 쪽을 올려다봤다.

"저들을 놔두고 우리가 무슨 삶과 문학과 목적성을 얘기하겠어?"

둘의 얘기를 듣던 신현중이 피식 웃었다.

"저항해야지. 포기는 일러."

"어떻게 저항할 건데?"

백석의 물음에 신현중이 눈빛을 반짝거렸다.

"안 그래도 보여줄 게 있어."

셋은 정동제일예배당 앞에서 멈춰 서서 담배를 피웠다. 앞에는 몇 년 전에 지어진 싱거미싱사 경성 본점 건물*이 보였다. 이 층짜리 붉은 벽돌 건물의 입구에서 한 무리의 여성들이 걸어 나왔다. 아마 미싱기를 사는 사람들에게 사용법을 교육해 주는 여교사들 같았다. 웃고 떠드는 여성들 곁을 지나 셋은 돈의문이 있는 곳까지 걸어갔다. 그때 갑자기 신현중이 두 사람을 바라보며 말했다.

"지금 볼 것에 대해서 평생 비밀을 지켜야 해."

"뭔데 그렇게 겁을 주는 거야. 처남."

신현중은 평온한 표정으로 웃기만 했다. 그러고는 방향을 바

---

* 구 신아일보 별관이며 현재는 국가등록문화재로 지정돼 있다.

꿔서 왼쪽 오르막길로 올라갔다. 그곳에는 이름이 배재중학교로 바뀐 옛 배재학당이 있었다. 경성의 성곽을 등진 운동장이 먼저 나오고, 위쪽으로 배재중학교의 동관과 서관 건물이 보였다. 운동장에서는 학생들이 축구를 하는지 공을 이리저리 차면서 뛰어다녔다. 그 바로 옆으로는 아까 들렀던 경성지방법원 건물이 보였다. 배재중학교 뒤쪽에 판잣집이 몇 채 있었다. 신현중은 그곳을 향해 걸어가다 주변을 다시 한번 살펴보더니 그중 한 집으로 들어갔다. 안으로 들어선 그가 주머니에서 열쇠를 꺼내 문을 열었다. 백석은 신현중의 집이 여기가 아니라는 걸 알았기에 고개를 갸웃거리며 허준을 바라봤다.

"여긴 뭐야?"

"나도 처음 와봤어."

신현중이 문을 열고 들어가자 두 사람은 말없이 따라 들어갔다. 집 안은 벽지 대신 신문지를 바른 작은 방과 아궁이가 있는 좁은 부엌이 전부였다. 아궁이 옆에는 불쏘시개로 쓰려고 가져다 놓은 것 같은 소나무 가지가 몇 개 보였다. 그리고 어디서 구해왔는지 모를 자전거 바퀴가 벽에 세워져 있었다. 그 옆으로는 빈 양동이가 보였다. 온기라곤 하나도 없는 싸늘한 방 안에 특별한 가재도구는 없고, 앉은뱅이책상과 책 몇 권만 있을 뿐이었다. 창문 아래에는 석유 깡통을 넣어두던 나무 궤짝이 놓여 있었다. 전기가 들어오지 않는 판잣집에서는 나무 궤짝 위에 촛불을 켜놓는 일이 많으니 그게 특별히 눈에 띄는 물건은 아니었다. 창문에 유리를 끼울 생각인지 방 모퉁이에 판유리가 두세 장 보였다. 방 안으로 들어간 신현중이 아랫목에 앉아 두 사람에게 말했다.

"그만 보고 와서 좀 앉아."

두 사람이 엉거주춤 앉자, 신현중이 활짝 웃으며 말했다.

"여기가 어디냐면, 나의 아지트야."

"뭘 위한 아지트인데?"

온기가 하나도 없어서 차가운 바닥을 손으로 짚은 허준의 물음에 신현중이 대답했다.

"지하 출판물을 만드는 곳이야."

백석은 집 안을 다시 살펴봤다. 등사기는 보이지 않았고, 그걸 숨길 만한 곳도 없어 보였다. 허준도 방을 다시 한번 살펴본 다음 감탄하며 말했다.

"우리 처남 생각보다 배포가 크시네. 순사들이 득실거리는 재판소 옆에 이렇게 떡하니 아지트를 차리다니 말이야."

"등잔 밑이 어둡다는 속담이 있잖아. 그리고 여긴 아무것도 없다니까."

껄껄거리는 신현중을 본 백석이 어깨를 쳤다.

"그만 장난치고 보여줘 봐."

웃음을 멈춘 신현중이 허준에게 말했다.

"매부, 부엌에 있는 자전거 바퀴랑 양동이 좀 가져다주게. 그리고 소나무 가지도."

"대체 뭐 하려는 거야?"

"등사기를 만들려고."

투덜거리며 부엌으로 나가는 허준의 뒷모습을 보던 신현중이 코트 주머니에서 사포와 축음기 침을 꺼냈다. 의외의 물건을 본 백석이 물었다.

"이걸로 등사기 만든다고?"

"지켜보라니까."

큰소리를 친 신현중은 부엌으로 나간 허준이 낑낑대며 가져온 것들을 옆에 놨다. 그리고 뜯어낸 나무 궤짝 옆판 위에 판유리를 올렸다. 크기가 대충 맞는 걸 확인하더니 허준에게 말했다.

"자전거 바퀴에서 튜브를 빼내게. 그리고 백석 자네는 소나무 가지에 사포질을 좀 해주게."

"아, 알았어."

호기심이 생긴 백석은 시키는 대로 허준이 가져온 소나무 가지에 사포질했다. 다행스럽게도 껍질이 벗겨져 있어서 금방 매끈하게 다듬을 수 있었다. 신현중은 허준이 자전거 바퀴에서 뽑아낸 튜브 안에 백석이 사포질한 소나무 가지를 쑤셔 넣었다. 그리고 양동이에서 손잡이를 떼서 자전거 튜브로 감싼 소나무 가지 양쪽에 꽂아 넣었다. 백석은 그제야 소나무와 자전거 튜브의 길이가 거의 일치하는 것을 알아차렸다. 그러니까 그냥 가져다 놓은 게 아니라 명확한 계산을 하고 가져다 놓은 것이었다. 물론 이 물건들은 너무 평범해서 따로따로 보면 전혀 연결되지 않았다. 백석과 허준이 감탄하는 사이 신현중이 설명을 시작했다.

"이렇게 사포질한 소나무에 자전거 튜브를 끼우고 양쪽에 양동이 손잡이를 끼우면 등사기의 롤러가 되는 거지."

"정말 대단하네. 생각지도 못했어."

허준이 입을 다물지 못하자 신현중이 주머니에서 꺼낸 축음기 침을 들어서 두 사람에게 보여줬다.

"이 축음기 침은 철필 대용이야. 아카시아처럼 단단하고 잘 휘어지지 않는 나무에 끼워서 쓰는 거지."*

신현중은 어떻게 등사하는지 보여줬다. 그걸 본 두 사람은 크게 감탄하여 아무 말도 못했다. 신현중은 냉기가 휘도는 방 안을 뜨겁게 달구어 버릴 듯한 눈빛으로 말했다.

"오늘 재판에서 본 것처럼 저항하는 건 죽음을 의미해. 하지만 나는 저항을 준비하고 있어. 이렇게 만든 등사기에 잉크와 종이만 있으면 언제든지 유인물이나 격문을 만들 수 있어. 필요한 순간에 목숨을 걸어야 한다면 이곳에서 등사기를 쓸 거야."

평범한 기자라는 것이 믿기지 않을 정도의 단호한 결심에 백석과 허준은 입을 다물지 못했다. 잠자코 있던 백석이 신현중의 손을 잡았다.

"때가 되면 나도 돕겠네."

---

* 신현중이 백석과 허준에게 설명한 간이 등사기 제작 방법은 실제로 경성 트로이카로 활약한 이재유가 〈적기〉라는 기관지를 만들 때 사용하던 방식이다.

"내가 빠지면 섭섭하겠지? 처남."

허준까지 익살스럽게 끼어들자, 신현중은 금세 눈물을 글썽거렸다.

"사실은 아까 재판정에서 많이 놀랐어. 내가 재판받았을 때가 떠올랐거든, 나는, 나는."

말을 더듬거리며 심호흡하던 신현중이 깊은 한숨과 함께 눈물처럼 말을 쏟아냈다.

"저렇게 재판정에서 목소리를 높이지는 못했어."

고개를 떨군 신현중에게 백석이 위로의 말을 건넸다.

"자네도 할 만큼 했잖아. 검사가 회유하는 걸 끝끝내 듣지 않고 삼 년이나 감옥에 있었으면서."

백석에게 위로받은 신현중은 한숨 쉬면서 친구들을 바라봤다. 은밀한 비밀을 공유한 셋은 똑같은 표정으로 서로를 바라보며 따뜻한 위로를 느꼈다. 경성이라는 낯선 도시에 떨어진 백석이 고향에서 느꼈던 따뜻함을 다시금 느낀 것이다.

백석의 사슴

"자! 우리 조선 문단에 충격을 던져준 백석 군을 위해 건배합시다."

허준의 외침에 참석자들이 다들 술잔을 높이 치켜들었다. 마지못해 상석에 앉은 백석은 쑥스러워서 고개를 들지 못했다. 그런 백석을 본 함대훈이 놀렸다.

"아니, 시는 그렇게 웅장하고 멋지면서 사람은 왜 저렇게 숙맥이야."

백석이 일월 초에 출간한 시집 《사슴》의 출간 기념회는 분위기가 더없이 좋았다.

사실 신문사 사람들은 엄청나게 좌절한 채 1936년을 맞이했다. 일월 일 일자 신문의 일 면에 일왕에게 충성을 다하겠다는 내용의 특집 기사가 크게 실렸기 때문이다. 신문사 내부에서는 반발이 컸지만, 분위기상 어쩔 수 없다며 강행한 일이었다. 특히 교정 부장인 송유철이 앞장서서 찬성하고 다녔다. 그런데 백석의 시집 《사슴》이 출간되면서 분위기가 그나마 나아졌다. 백석의 시집에는 고향 사투리로 쓰인 작품이 많이 실렸는데, 그것이 일본이 펼치는 동화정책에 나름대로 저항하는 것으로 받아들여졌기 때문이다. 신선로가 부글부글 끓는 가운데 사람들 사이에 술이 오고 갔다. 작년 연말에 판매된 〈조광〉의 창간호는 엄청난 인기를 끌면서 무려 삼만 부나 팔리는 기염을 토했다. 이은상 편집 주간의 말대로 최고급 종이에 화려한 표지를 쓴 것도 한몫했고, 주요섭이 쓴 단편소설인 〈사랑손님과 어머니〉가 큰 인기를 끌면서 날개 돋친 듯이 팔려나간 것이다. 편집자로 참여하고, 〈산지〉와 〈주막〉, 〈비〉까지 세 편의 시를 잡지에 실은 백석 역시 보람을 느꼈다. 신문사에서는 여세를 몰아서 여성 전문 잡지도 낼 준비를 했다. 백석이 앞으로 더 많은 일을 해야 한다는 의미지만, 덕분에 작년 연말 조선공산당 재건동맹 재판을 보면서 느꼈던 무기력함과 갑갑함을 어느 정도는 털어낼 수 있었다. 그래서 요릿집인 태서관에서 출간 기념회를 열자는 허준의 제안을 못 이기는 척 승낙했다.

1936년으로 접어든 세상은 더욱더 어둡고 고통스러웠다. 백석이 정성껏 준비해서 '사슴'이라는 제목의 시집을 출간할 즈음에 일본은 런던 해군 군축 회의를 탈퇴했다. 탈퇴하기 전부터 신문에는 일본 정부의 뜻을 담은 기사들이 줄줄이 나왔다. 이 조약은 결렬될 수밖에 없는데, 그 이유가 서구 열강의 오만함과 욕심 때문이라는 내용이었다. 거기에다 일본은 차츰 신사참배를 강요하는 분위기를 조성했고, 중국에서의 전쟁도 끝날 기미가 보이지 않았다. 우울한 세상, 잠시 그걸 잊기 위해서라도 작가들은 시를 써야만 했고, 모임이 필요했다. 발기인 외에 스무 명 정도 더 참석해서 웃고 떠드는 사이 출간 기념회의 발기인 중 한 명인 이원조가 테이블 아래에서 시집《사슴》을 꺼내 촤라락 넘기면서 물었다.

"뭔가 쓰다 지우기를 반복해서 나는 이렇게 시집이 나올지는 몰랐어. 항상 고민 많은 모던 보이인 줄 알았는데, 막상 글을 쓰니까 대단하단 말이야."

그 옆에 앉아서 담배를 피우며 고개를 끄덕거리던 홍기문도 물었다.

"그나저나 시집을 왜 이렇게 비싸게 만든 건가? 그리고 백 부*밖에 안 찍었다며?"

웃고 떠들던 참석자들이 다들 백석을 바라봤다. 신문사 학예부에는 무시무시한 인물들이 있었다. 차장 이원조의 상사인 학예부장 홍기문은 조선의 삼 대 천재 중 한 명인 벽초 홍명희의 아들이었다. 이원조와 홍기문 역시 뛰어난 인물들이었다. 학예부 차장이자 시인 이육사의 동생인 이원조는 카프에 참여했던 문인이고, 홍기문 역시 신간회에 참여했었다. 게다가 홍기문은 카프를 두고 염상섭과 논쟁을 벌일 정도로 유명한 인물이었다. 그는 백석이 들어오기 몇 년 전부터 신문사에 근무하면서 아버지가 쓰는 〈임꺽정〉의 연재에 관여했다.

홍기문의 질문에 백석은 곰곰이 생각에 잠겼다. 백석은 이번에 낸 시집 《사슴》에 심혈을 기울였다. 신문 지면과 〈조광〉에 발표한 시는 물론 아직 발표하지 않은 시까지 포함해 그중 서른세 편을 골랐다. 표지도 일반 종이가 아니라 값비싼 전통 한지를 사용했고, 양장으로 제본했다. 그래서 가격이 이 원이나

---

* 100부만 인쇄한 탓에 많은 사람이 《사슴》을 구하지 못해 발을 동동 굴렀다. 그중 한 명이 바로 윤동주다. 그는 연희전문 도서관에 있는 시집 《사슴》을 필사했다고 전해진다.

했는데, 다른 시인들의 시집보다 대략 두 배가량 비쌌다. 인쇄소도 신중하게 골랐는데, 수송동에 있는 선광인쇄였다. 화신백화점 소유주인 박흥식이 운영하는 인쇄소다. 그런데 이렇게 정성껏 만든 시집을 팔 생각은 하지 않고 선심 쓰듯 주변에 나눠줬다. 정작 백석 자신은 손해만 본 셈이다. 질문한 홍기문이 정말 궁금하다는 표정으로 바라보자, 백석은 어색하게 웃었다.

"시를 사랑하기 때문입니다."

백석의 대답을 들은 이원조가 끼어들었다.

"그래서 조심스럽게 다룬 건가? 혹시 시를 본 평론가들의 비평이 두려워서 그런 건 아니고?"

성격이 괴팍하고 직선적이라고 알려진 대로 이원조의 물음은 거침이 없었다. 웃고 떠들던 분위기가 싸늘하게 식어가는 걸 느낀 백석이 서둘러 대답했다.

"제가 겁이 많아서요. 원래는 소설과 수필을 쓰고 번역하다가 시를 쓰게 되었으니, 걱정이 많이 되었습니다. 차장님."

백석의 대답을 들은 이원조가 피식 웃었다.

"거칠 것 없는 모던 보이인 줄 알았더니 은근히 샌님 같은 구석이 있네."

이원조의 웃음으로 분위기가 다시 풀어지자, 김기림이 둘둘 말아온 신문을 식탁 위에 올려놨다. 사회부 기자인 그는 시인이면서 탁월한 이론가이기도 했다.

"내가《사슴》에 실린 시들을 읽고 쓴 비평이자 독후감일세. 다들 한번 들어보시겠습니까?"

다들 듣고 싶다고 하자, 김기림이 헛기침을 몇 번 한 뒤 신문을 펼쳐 큰 목소리로 읽었다.

"완두빛 더블브레스트를 제끼고 한대의 바다의 물결을 연상시키는 검은 머리의 웨이브를 흩날리면서 광화문통의 네거리를 건너가는 한 청년의 풍채는 나로 하여금 때때로 그 주위를 몽파르나스로 환각시킨다."

익살스러운 시작에 참석자들이 다 웃고 떠드는 가운데 백석은 불현듯 그녀를 떠올렸다. 신현중의 여동생과 허준의 결혼을 축하하는 연회에 참석했을 때 만난 박경련을 또 떠올린 것이다. 단아한 그녀의 모습을 생각하면서 백석은 취재를 핑계삼아 그녀가 사는 통영으로 내려갈 결심을 굳혔다. 그녀가 다니는 이화여고보가 백석이 근무하는 신문사와 그리 멀지 않은 곳에 있었다. 하지만 보는 눈이 많은 경성에서 그녀와 단둘이 만나는 건 불가능했다. 내친김에 내려가서 그녀의 부모님을 뵙고, 정식으로 교제를 허락받을 생각까지 했다. 그렇게 생각에 잠긴 백석의 어깨를 신현중이 가볍게 쳤다.

"무슨 생각을 그렇게 해?"

"아니, 그냥."

백석은 대충 얼버무리려고 하다가 신현중을 빤히 바라봤다. 박경련이 그의 누나가 가르친 제자라는 게 뒤늦게 생각났기 때문이었다.

"나랑 통영으로 취재 갈 텐가?"

"갑자기 통영은 왜?"

신현중의 물음에 백석이 주춤거리며 대답했다.

"보러 갈 사람이 있어서 말이야."

"누구?"

다시 입을 열려고 하던 신현중은 백석의 표정을 보고는 모든 걸 알아차린 모양이었다. 백석은 볼이 파일 정도로 입을 꾹 다문 채 웃었고, 신현중은 말없이 고개를 끄덕거렸다. 그사이 김기림의 이야기가 이어졌다.

"어디까지나 그 일류의 풍모를 잃지 아니한 한 권의 시집을 그는 실로 한 개의 포탄을 던지는 것처럼 새해 첫머리의 시단에 내비쳤다."

김기림이 잠깐 쉬는 사이 참석자들이 《사슴》에 실린 시들에 대해 여러 가지 의견을 나눴다. 하지만 백석은 그것에 크게 관심이 없었고, 자연스럽게 신현중과 허준을 양옆에 두고 앉아서 얘기를 주고받았다. 백석은 허준이 얼마 전에 써서 보여준 〈기적〉이라는 시에 대해서 자신의 의견을 얘기했다. 그리고 〈조광〉의 다음 호에 수록하자고 제안했다. 그리고 조심스럽게 덧붙였다.

"자네가 지금 쓰고 있는 소설도 〈조광〉에 실어보지 그래?"

"시인이 소설을 쓰다니, 얼마나 웃긴 일인가?"

"나도 소설을 쓰다가 시를 쓰고 있으니, 지나가던 소가 웃겠지. 하지만 그게 무슨 상관인가? 우리는 써야 할 걸 쓸 뿐이야."

백석의 대답을 들은 허준이 말했다.

"제목 때문에 골치가 아픈데, 자네가 멋진 제목을 지어주면 생각해 보지."

허준의 얘기를 듣고 잠시 생각하던 백석이 대답했다.

"탁류 어떤가? 혼탁할 탁(濁)에 흐를 류(流)."

"탁류라? 나쁘지 않네."

"다음 달에 실을 거니까 서둘러 완성하게."

"시인을 꿈꾼다면서 이리 각박하게 독촉하다니."

허준이 요란하게 혀를 차자 지켜보던 신현중이 웃음을 참지 못한 채 낄낄거렸다. 김기림이 주도하는 출간 기념회의 분위기가 화기애애해졌다. 자신이 쓴 감상평을 다 읽은 김기림이 목소리를 높였다.

"백석 군의 시집《사슴》은 그동안 갈 곳을 잃고 방황하던 문단에 큰 울림이 되었고, 이정표 역할을 했습니다. 우리는 그동안 시의 목적이 무엇이며, 어디로 가야 하는지 끊임없이 고민하고 토론해 왔습니다. 그래서 수많은 논쟁이 있었고, 앞으로도 있겠지만 백석 군의 시는 간명하고 명확하게 자신이 가는 방향을 얘기해 주었습니다. 바로 고향이죠. 읽으신 분은 모두 동의하겠지만, 그의 시선과 언어는 온통 고향으로 향해 있습니다. 이게 바로 백석 군이 우리에게 일깨워 준 시의 본질이 아니겠습니까?"

김기림의 얘기가 끝나자, 참석자들이 다들 "옳소"라고 외치거나 박수로 호응했다. 백석은 무시무시하다고까지 말할 수 있는 선배 기자들의 칭찬에 쑥스러워하면서도 한편으로는 통영을 떠올렸다. 이제 큰 고비를 넘기고 할 일을 했으니, 나를 위해 무언가를 하기로 마음먹은 것이다. 백석은 웃음으로 화답했다.

'이제 나의 사슴을 만나러 가야겠어.'

인력거를 타고 경성역에 도착한 백석이 요금을 치르고 주변을 둘러봤다. 가장 먼저 눈에 들어온 것은 맞은편에 보이는 남산을 반으로 갈라놓은 것 같은 하얀 계단이었다. 계단 끝에는 일본이 만든 조선신궁이 세워져 있었다. 추운 겨울이었지만 적지 않은 사람들이 계단을 오르내리는 게 보였다. 최근 전쟁이 길어지면서 분위기는 여러모로 싸늘했다. 승리하고 있다고는 하지만 길어지는 전쟁의 여파는 사회 곳곳에 보이지 않는 균열을 남기는 중이었다. 백석에게 돈을 받은 인력거꾼은 정월임에도 불구하고 웃통을 벗어젖히고 다리를 걷어 올린 차림이었다. 하루 종일 걷거나 뛰어다녀야 하는 인력거꾼은 추위를 느낄 틈이 없을 것이다. 뒤따라온 인력거꾼은 그나마 웃옷은 걸치고 있었는데, 가슴과 등이 광고판인 듯 웃옷에 근처 제

과점 이름이 적혀 있었다. 슈트 케이스를 품에 안고 인력거에 타고 있던 신현중이 황급히 내리면서 주변을 두리번거렸다.

"여기야, 여기."

지켜보던 백석이 손을 들자, 신현중이 활짝 웃으며 다가왔다.

"정월이라 싸늘하네."

"그렇지. 남쪽은 따뜻할 거야."

"매부는 안 나온 거야?"

신현중은 실망한 표정으로 주위를 두리번거렸다. 마음은 이미 통영에 가 있는 백석이 그런 신현중의 어깨를 툭 쳤다.

"신혼인데 바쁘겠지. 어서 안으로 들어가자. 쌀쌀하네."

둘은 코트의 깃을 세우며 안으로 들어갔다. 광화문의 총독부 청사만큼이나 웅장한 경성역은 일본이 조선을 발전시킨 증거로 내세우는 건물이었다. 붉은 벽돌과 화강암, 그리고 대리석이 조합돼 지어진 경성역은 오가는 사람들로 분주했다. 지붕의 거대한 돔은 마치 경성을 감시하는 거대한 눈처럼 보였다. 넓은 광장 한쪽 그늘에는 인력거와 우마차가 나란히 붙어서 손님을 기다렸다. 인력거꾼들은 인력거에 기대 잠을 자고 있었는데, 추운 날씨 탓인지 웅크리고 있는 사람도 적지 않았다. 맞은편 광장 끝에는 검정 택시들이 줄지어 서서 돈 많은 손님을 기다렸다. 넓은 광장에는 경성역에 막 도착한 사람과 어디론가 떠나는 사람들이 서로 교차하듯 스쳐 지나갔다. 그리고 그들의 주머니를 노리는 수상쩍은 소매치기며 사기꾼까지 득실거렸다. 경성역의 툭 튀어나온 중앙의 현관 위에는 큰 시계가 걸려 있어서 모던 보이와 모던 걸도 지나가다 멈춰 서서 손목시계의 시간이 맞는지 확인했다.

두 사람은 역 안의 넓은 중앙홀로 들어갔다. 양옆의 매표소에는 표를 사려는 사람들이 길게 줄을 서 있었다. 기둥이 짝지어 세워진 중앙홀은 벽이 화강암으로 돼 있어서 차갑고 싸늘한 느낌이 들었다. 지붕의 스테인드글라스를 통과한 빛이 색색으로 비쳤다. 천장이 높아서 웅성대는 소리가 마치 메아리처럼 들렸다. 역 안에는 역시 사람들이 많았는데, 특히 황색 군복을 입은 군인들이 많이 보였다. 만주나 중국에서 고국으로 돌아가는 일본군 같았다. 시끄럽게 떠드는 그들을 피해 중앙홀 오른쪽에 있는 삼 등 대기석으로 향했다. 아무나 들어갈 수 있어서 그런지 사람들로 꽉 차 있었다. 천장은 철근과 콘크리트가 그대로 노출되어 있고, 네 개의 기둥이 천장을 떠받쳤다. 밖에서부터 밀려들어 온 싸늘한 추위에 사람들의 입에서는 입김이 연신 흘러나왔다. 둘이 앉을 곳을 찾는데 뒤쪽에서 굵직한 목소리가 들렸다.

"두 불령선인은 어딜 가시나?"

고개를 돌린 백석의 눈에 활짝 웃는 허준이 보였다. 신현중이 반가움에 큰 소리로 말했다.

"안 오는 줄 알았어. 처남."

"매부랑 절친이 멀리 가는데 배웅을 안 나오면 안 되지."

"일은 안 바빠?"

"잡지 하나 더 만들라고 해서 정신없지. 그래도 둘은 보러 나와야지. 어디 어디 돌아본다고 했지?"

허준의 물음에 백석이 대답했다.

"마산이랑 삼천포, 통영을 쭉 돌아볼 생각이야."

"고향으로는 안 가고, 왜 반대인 남쪽으로 내려가는 거야?"

허준의 짓궂은 물음에 백석이 가벼운 헛기침으로 응수했다. 백석은 박경련에 대한 자신의 마음을 대놓고 말하지는 않았다. 하지만 작년 십이월 〈조광〉과 올해 일월 《조선일보》에 '통영'이라는 제목의 시를 발표했다. 겹치는 걸 싫어하고, 철두철

미한 성격의 백석이 두 곳에 같은 제목을 썼다는 게 무엇을 의미하는지 두 친구가 모를 리 없었다. 다만 백석이 쑥스러워할까 봐 대놓고 말하거나 묻지 않았던 것이다. 친구들의 배려를 잘 아는 백석은 말없이 웃을 뿐이었다. 그런 백석의 어깨를 허준이 토닥거렸다.

"잘 돌아보고 글이 될 만한 것 좀 건져 와. 〈조광〉도 힘들어 죽겠는데, 〈여성〉까지 만들라고 하니 돌겠어, 진짜."

"잡지가 돈이 되니까 그렇지. 신문은 이래저래 힘들고 경쟁도 치열해지고 있잖아."

"그렇긴 하지. 몇 시 열차야? 시간 되면 이 층에서 돈가스나 썰까?"

허준이 칼질하는 시늉을 하면서 말하자 신현중이 손목시계를 봤다.

"여유가 좀 있긴 하네. 자네가 사는 건가?"

"그럼, 오빠한테 맛있는 거 사주고 오라고 부인께서 봉투를 하사하셨다네."

장난스럽게 얘기한 허준이 두 사람의 어깨를 툭툭 치고 계단으로 올라갔다. 두 사람도 따라서 올라가자, 허준이 어깨를 펴

1318에게 꼭 필요한 지식 쏙쏙, 교양 쑥쑥!
사춘기 수업 시리즈

쑥쑥 성장하는 1318들이 익히고 알아야 하는 지식을 쏙쏙 모아놓은 '생각학교 사춘기 수업 시리즈!' 맞춤법, 문해력, 어휘력, 진로 등 궁금하지만 어디에 물어야 할지 모를 지식과 상식을 학교 공부와 연계하여 흥미진진하게 풀어간다. 고교학점제를 비롯한 토론과 논술에 꼭 필요한 기초 능력을 키워보자!

**중2병보다 무서운
무뇌력 탈출기**

권희린 지음
280쪽 | 14,000원
♣ 독후활동지 포함

이 책 한 권이면 흑역사는 끝

권희린 지음 | 240쪽 | 13,000원

내 삶에 꼭 필요한 어휘력 익히기

오승현 지음 | 248쪽 | 14,000원

02-334-7932 | blog.naver.com/3347932 | ⓞ think_garden

'말'이 '칼'이 될 때
관심과 상처 사이, 한 번쯤 겪어봤을
'말'을 둘러싼 앤솔러지

취미는 악플,
특기는 막말

젊은 작가 5인이 각기 다른 사회적 시선에서 '말'에 대한 이야기를
풀어낸 이 책은, 가벼운 인식에서 비롯된 농담 섞인 혐오 표현들로
인해 발생하는 왕따, 사이버 언어폭력 등 현재 청소년들이 직면한 문
제들을 현실감 있게 그려낸다.

김이환, 정명섭, 정해연, 조영주, 차무진 지음 | 276쪽 | 13,000원

★ 2023 평택시 올해의 책(함께 읽는 책)
★ 2022 경남독서한마당 추천(함께 읽기)
★ 2021 국립어린이청소년도서관 추천
★ 2021 책따세 추천
★ 2020 책씨앗 추천

생각을 춤추게 하는
동서양 고전 24

이은애 지음 | 264쪽 | 14,000원

고교학점제
나만의 미

권희린 지음 | 248쪽

글쓰기가 막막할 때
펼쳐 보는 나만의 비법

오승현 지음 | 280쪽 | 14,000원

이야기를 써어
내 생각이 넓어

정명섭·이지현 지음 | 216쪽

★ 2024 학교도서관저널 추천
★ 2023 아침독서 추천
★ 2022 책씨앗 추천
★ 2022 아침독서 추천

★ 2024 책씨앗 추천
★ 2022 학교도서관저널 추천
★ 2022 씨앤에이논술 대상 도서
★ 2021 책씨앗 추천

고 경성역의 '그릴'로 들어갔다. 높은 천장에는 샹들리에가 매달려 있고, 테이블은 티끌 하나 없이 깨끗했다. 유니폼을 입고 흰 장갑을 낀 종업원들이 축음기에서 흘러나오는 우아한 클래식 음악에 맞춰서 접시를 들고 테이블 사이를 오고 갔다. 광장이 보이는 창가에 자리 잡은 광화문 삼인방은 다가온 웨이터에게 음식을 주문했다. 창밖을 응시하던 백석에게 허준이 물었다.

"무슨 생각을 하길래 그렇게 물끄러미 바라봐?"

"어디쯤일까 하고."

백석의 엉뚱한 대답에 후추통을 만지작거리던 신현중이 물었다.

"뭐가 어디쯤이라는 얘기야?"

"3·1 만세 운동 이후 부임한 사이토 마코토 총독을 폭살하려고 했던 현장 말이야."

백석의 대답을 들은 두 사람은 반사적으로 주변을 돌아봤다. 다행히 주변 테이블에는 아무도 없었고, 웨이터들도 카운터 근처에 모여 있거나 다른 손님을 응대하고 있었다. 그제야 안심한 신현중이 백석에게 물었다.

"강우규* 열사 말이지?"

"그런 걸로 기억해."

"신문사 초기에 관련 재판을 취재한 걸 본 적 있어. 노인이라고 아무도 의심하지 않는 점을 이용해서 사타구니에 수류탄을 숨겨서 들어왔다더군. 폭살은 비록 실패했지만 사이토 마코토 총독은 물론이고 일본의 지배자들이 정말 깜짝 놀랐을 거야."

신현중의 대답을 들은 백석이 눈을 껌뻑거리면서 기억을 더듬었다.

"오 년 전에 오산고등보통학교를 졸업하고 아무 곳에도 가지 못했어. 집인에 돈이 없어서 대학에 갈 형편이 아니었거든."

때마침 주문한 음식들이 도착해서 자연스럽게 대화가 끊겼다. 돈가스와 카레라이스, 그리고 칼피스(소다 맛 음료)와 라무네(일본 사이다)가 놓인 테이블을 잠깐 응시하던 백석이 말을 이어갔다.

"일 년 동안 집 안에서 책 읽고 소설을 썼지. 그러다가 운 좋

---

* 강우규(1855~1920) 열사는 1919년 9월 남대문역(현재의 서울역)에서 폭탄 의거를 했다. 이후 일제 경찰을 복무한 김태석에게 체포되어 1920년 11월 29일 서대문형무소에서 사형되었다. 현재 서울역 광장에는 강우규 열사의 동상이 세워져 있다.

게 조선일보 신년 현상문예에 당선되었고 말이야."

백석의 얘기를 들은 허준이 아는 척을 했다.

"〈그 모와 아들〉이었지, 아마?"

"맞아. 조선일보에 연재되었는데 진짜 잊지 못할 일은 며칠 후에 벌어졌어."

후추통을 만지작거리다 카레 위에 뿌린 신현중이 물었다.

"어떤 일?"

"내가 졸업한 오산고등보통학교 학생들이 시위에 나선 거지. 그 전해에 광주에서 벌어진 항일 학생 시위에 호응하기 위해서 말이야."

백석의 얘기를 들은 신현중이 눈빛을 반짝거렸다.

"무슨 시위인지 알아. 나도 독서회에서 비밀리에 항일 조직을 만들 때라서 들었거든."

"아침에 학생들이 교실을 박차고 나와서 운동장에 모여 구호를 외치고 '조선 독립 만세'*를 외쳤지. 학교 앞에 있던 우리

---

* 3·1 만세 운동 때도 그렇고 일제강점기 때 벌어진 만세 시위에서는 주로 "조선 독립 만세"라고 외쳤다. 우리는 "대한 독립 만세"로 알고 있지만, 대한제국은 13년 정도밖에 유지되지 않아 당시엔 낯설었기 때문으로 추정된다.

집에서도 들릴 정도로 크게 말이야."

"광주에서 시작된 저항의 물결이 북쪽까지 도달한 셈이군."

나이프로 돈가스를 자르며 말하자 백석이 대답했다.

"일 학년을 선두로 해서 학생들이 교문을 열고 밖으로 나왔어. 만류하는 선생님들을 뿌리치고 정주읍까지 만세를 부르며 행진했지. 사실은 나도 슬쩍 따라가 봤어. 차마 가담할 용기를 내지는 못했고 말이야."

백석이 민망한 말투로 얘기하자 신현중이 부드럽게 말했다.

"괜찮아. 지켜보는 것만 해도 대단한 거지."

"정주읍에 도착한 학생들이 만세를 부르니까 주민들까지 합세해 시위가 삽시간에 크게 번졌어. 불어난 시위대는 정주 경찰서를 포위해 버렸지. 놀란 순사들이 총을 쏘면서 겨우 진압했고, 그때쯤 교장인 남강 이승훈 선생님도 오셔서 만류하는 바람에 진정해야 했지. 그 일로 몇몇 학생들은 결국 퇴학당하고 말았어."

짧고 불편한 침묵이 흘렀다. 백석이 김이 모락모락 피어오르는 돈가스를 물끄러미 바라보면서 말을 이었다.

"이 불편하고 어려운 시대에 우리가 하는 문학이 어떤 의미가 있을까? 그때 교문 밖으로 뛰쳐나갔던 후배들을 떠올리면 여러 가지 생각이 들어.”

마침, 음반이 끝났는지 웨이터가 다른 음악을 틀었다. 클래식 대신 일본 노래가 흘러나오자, 허준은 얼굴을 찌푸렸다. 신현중이 백석에게 말했다.

“김기림 선배를 비롯해 여러 사람이 쓴《사슴》의 평론을 보면 말이야. 하나 같이 ‘고향’을 얘기하고 있어.”

허준 역시 맞장구쳤다.

“맞아. 그러면서도 고향이라하면 떠올리기 쉬운 감상주의나 복고주의와는 거리가 멀다고 했지. 그리고 주어를 빼먹은 비타협의 소산이라는 평이 이어졌고 말이야. 무엇과의 비타협인지는 우리 모두 알고 있잖아.”

허준의 말에 둘 다 동의한다는 눈빛을 던졌다. 나이프로 자른 돈가스를 포크로 찍은 허준이 덧붙였다.

“바야흐로 야만의 시대가 도래하고 있어. 가진 건 펜과 종이밖에 없는 우리가 할 수 있는 게 뭐가 있겠어? 오직 쓰고 기록하는 것뿐이잖아.”

허준의 얘기에 위안받은 백석이 나이프와 포크를 집어 들며 대답했다.

"조선은 일본의 식민지가 되면서 가진 걸 모두 잃었어. 특히 오래 이어져 온 전통까지 송두리째 잃어버리고 있지. 아까 인력거에서 내리면서 뭘 봤는지 알아?"

신현중은 대략 짐작이 간다는 표정이었지만, 먼저 와서 기다리고 있던 허준은 영문을 모르는 표정이었다. 그러다 신현중이 손가락으로 창문 너머 남산을 가리키자 입을 살짝 벌렸다.

"아! 조선신궁."

"땅과 주권으로도 모자라서 정신까지 빼앗겠다는 시도잖아. 시도 때도 없이 신사참배니 궁성요배를 강요하는 것도 그렇고 말이야."

신사참배는 일본 왕실의 조상신이나 공로자를 기리는 신사에 참배하는 것이고, 궁성요배는 일왕이 있는 궁 방향으로 고개 숙여 절하는 것이다. 광화문 삼인방은 모두 신문사에 근무하고 있어서 세상 돌아가는 분위기를 누구보다 잘 알고 있었다. 백석은 말없이 나이프로 돈가스를 자른 뒤 입에 넣어서 우물거렸다. 그리고 칼피스를 한 모금 마신 후에 다시 입을 열었다.

"내가 생각하는 문학은 우리의 것을 기억하게 만드는 거야.

앞으로 일본이 우리에게서 가장 강력하게 빼앗으려 하는 것이지. 비록 총과 폭탄으로 저항하지는 못하지만, 펜으로써 싸우는 거야. 그걸로 만세도 부르고 칼처럼 찌르고 폭탄처럼 터트리면서 말이야."

백석의 얘기를 들은 신현중이 의미심장한 미소를 지었다.

"펜은 총보다 강한 무기지."

신현중의 말을 허준이 거들었다.

"언젠가는 놈들이 이걸 빼앗거나 부러뜨리려고 할 거야."

둘이 하는 얘기에 귀를 기울이던 백석이 대답했다.

"그래서 나만의 방식으로 싸우기로 했어. 내 고향의 언어, 낯설고 괴이한 방언이지만 여기에는 그 어느 것에도 굴복하지 않는 저항의 불씨가 담겨 있으니까 말이야."

"너무 무겁게들 생각하지 마. 웃으면서 싸워야 힘이 덜 드는 법이니까."

허준이 라무네가 든 잔을 내밀면서 말하자, 무거워진 분위기가 좀 사그라졌다. 셋은 가볍게 웃으면서 잔을 부딪쳤다.

열차가 증기를 내뿜으며 서서히 출발하자 정류장에 있던 허준이 잘 가라며 손을 흔들어줬다. 열차 안은 남쪽으로 내려가는 승객들로 가득했다. 짐이 든 슈트 케이스를 선반 위에 올려놓은 두 사람은 딱딱한 의자에 몸을 기댔다. 설렘과 긴장감으로 심장이 두근거리는 백석의 마음을 아는지 신현중은 잠을 좀 자겠다며 눈을 붙였다. 물론 진짜로 자는 게 아니라 그냥 눈을 감고 자는 척하는 것에 가까웠지만, 그런 배려에 감사함을 느낀 백석은 가져온 신문을 조용히 펼쳤다. 마음은 이미 박경련이라는 사슴이 뛰어놀고 있는 벌판으로 향하고 있었다. 신문을 몇 장 읽으려는데 뒤쪽의 학생 무리가 열차를 처음 탔는지 신기해하며 떠드는 소리가 들렸다. 검정 교복을 입은 학생들은 시끌벅적하게 웃고 떠들었다. 백석은 경성으로 수학여행 왔던 때를 떠올리다 신문을 접고 팔짱을 낀 채 잠을 청했다. 마음은 이미 박경련이 있는 통영에 가 있었지만 실제로 가려면 오랜 시간이 필요했기 때문이다.

　삼랑진역에서 마산선으로 열차를 갈아타고 한참을 더 달렸다. 마산에 도착해서도 통영으로 들어가려면 배를 타야만 했다. 하지만 늦은 밤에 도착한 탓에 그날은 여관에서 하룻밤 자고, 다음 날 선창으로 가서 통영 가는 배를 탔다. 하루 반나절이나 걸린 여정이었지만, 백석은 전혀 피곤하거나 지치지 않았다. 통영에 도착하면 초원처럼 넘실거리는 파도를 뒤로 하고, 그녀가 자기를 맞이해 줄 것으로 생각했기 때문이다. 하지만 통영에 도착한 백석은 크게 실망하고 말았다. 그녀 대신 무뚝뚝한 남자가 기다리고 있었기 때문이다. 자신을 박경련의 외사촌이라고 소개한 서병직은 신현중과 친분이 있는지 서로 포옹하고 인사를 나눴다. 반가워하는 그들을 보면서 백석은 하늘이 무너지는 듯했다. 서병직은 미안스러운 표정으로 박경련이 개학 준비를 해야 한다며 며칠 전에 경성으로 올라갔다고 말했다. 그 말에 백석은 당장이라도 경성으로 돌아가고 싶었지만 그럴 수는 없었다. 신문사에 출장을 신청하고 온 것이라서 억지로라도 이곳을 돌아봐야 했기 때문이다. 서병직은 백석의 실망감을 눈치챘는지 충렬사를 비롯한 통영의 명소들을 안내해 주고, 남도에서 맛볼 수 있는 생선으로 만든 요리들을 대접했다. 백석은 며칠 동안 통영을 비롯해 마산과 고성, 삼천포를 돌아보고 진주에도 들렀다. 진주에서 경성을 향해 출발한 열차에 탄 백석은 열차 안에서 산 양갱을 씹어먹으면서 수첩을 펼쳤다. 기사를 쓰기 위해서 보고 들은 것들을 수첩에 빼곡하게 적어나갔다. 하지만 제일 마지막에는 박경련의 이름을 반복해서 적었다. 옆에서 수첩을 힐끔 훔쳐본 신현중이 씩 웃었다.

"다음에는 꼭 만날 기회가 있을 거야."

"그렇겠지."

수첩을 덮은 백석이 눈을 질끈 감은 채 그녀를 떠올리며 아쉬움을 달랬다.

〈조광〉은 물론 여성 전문 잡지를 표방하는 〈여성〉의 편집까지 떠맡은 백석은 바쁜 나날을 보냈다. 지난번에 통영까지 내려갔다가 박경련을 못 만나고 온 것이 못내 마음에 걸렸다. 하지만 다음에 다시 찾아가서 얘기해 보기로 하고 일단 일에 집중하며 지냈다. 그러던 어느 날, 책상에 앉아서 일하고 있는데 사환인 금동이가 다가왔다. 고개를 든 백석에게 금동이가 조심스럽게 속삭였다.

"교정부 부장님이 기자님을 보자고 하십니다."

속으로 '그 작자가 왜?'라는 생각이 들었다. 그런 백석의 속마음을 눈치챘는지 금동이가 더 가까이 다가와서 낮은 목소리로 말했다.

"낙랑파라에서 기다리겠다고 하십니다."

"거기서 왜?"

눈살을 찌푸린 백석의 물음에 금동이는 모르겠다는 듯 고개를 흔들고는 자기 할 일을 하러 갔다. 백석은 잠깐 생각하다가 일어났다. 잡지는 한 달에 한 번 정해진 마감 시간이 있어서 그때만 바빴다. 하지만 신문은 매일 마감해야 해서 늘 바쁘게 돌아갔다. 특히 쇼와 십일 년인 1936년 초반은 대외적으로 많은 일이 있었다. 일본에서는 런던 해군 군축 회의 탈퇴를 시작으로 이월 이십육 일에 일단의 청년 장교들이 전직 총리와 고위 관료들을 죽이는 반란이 일어났다. 그 희생자 중에는 강우규 열사의 폭탄 공격을 받고도 살아남았던 사이토 마코토도 포함되어 있었다. 도쿄를 장악한 그들은 기세등등했지만, 곧 일왕의 지시를 받은 진압군에 의해 포위당했고, 결국 항복하고 말았다. 이 일은 일본은 물론 조선 역시 발칵 뒤집힐 만한 일이었지만, 보도 통제 지침이 내려오면서 제대로 보도하지 못했다. 그뿐만이 아니었다. 독일의 총통 히틀러가 비무장지대인 라인란트에 군대를 주둔시켰다. 이는 '구라파(유럽) 대전'이라고도 불린 제일차세계대전에서 패전하고 군비가 제한된 독일이 다시 떨쳐 일어날 수도 있다는 불길함을 안겨주기에 충분했다. 신문사가 이처럼 정신없이 돌아가는 상황이라 슬쩍 눈치가 보였지만, 백석은 잠시 고민하다가 일어나서 옷걸이에 있던 코트를 팔에 둘렀다.

'잠깐 만나보고 오면 되겠지.'

명색이 상급자인데 무작정 무시할 수는 없었기 때문이다. 마침, 허준도 취재차 자리를 비웠고, 사회부에 있는 신현중도 모습이 보이지 않았다. 밖으로 나오려던 백석은 서랍을 열고 안에 넣어둔 진보를 챙겼다. 늦어도 오늘 정도에는 답변을 보내야만 했기 때문이다. 어떻게 짧고 정중하게 거절할지 고민하고 있는데, 아직 쌀쌀한 날씨에 찬 기운이 훅 밀려들었다. 서둘러 코트를 입고 발걸음을 옮겼다.

'오랜만에 낙랑파라에 가는군.'

백석은 몇 년 전 조선중앙일보에 실렸던 박태원 작가의 〈소설가 구보 씨의 일일〉을 떠올렸다. 박태원의 글에는 낙랑파라의 모습이 잘 표현돼 있었다. 이상 역시 그곳에 자주 드나들었기 때문인지, 낙랑파라 특유의 분위기를 잘 살린 소설 삽화를 그렸다. 경성역 쪽으로 발걸음을 돌린 백석은 덕수궁과 마주 보고 있는 경성부청 앞을 지났다. 좀 떨어진 곳에 조선철도호텔이 보였다. 낙랑파라는 장곡천정 초입에 있었다. 이 층으로 된 목조 건물의 일 층을 차지하고 있는 낙랑파라는 당시 경성 시내에 우후죽순처럼 생겨난 끽다점* 가운데 한 곳이었다. 하지만 다른 끽다점과 달리 내부 인테리어가 이국적이고, 드나드는 손님 중에 예술가가 많았다. 작가들이 만든 구인회의 주요 멤버인 박태원과 이상, 이태준은 물론이고 시인 김소운, 목일회를 구성한 구본웅 같은 화가들도 제집 드나들 듯 이곳을 찾았다. 그래서 어느 때 가더라도 죽치고 앉아 있는 화가나 소설가, 음악가 들을 어렵지 않게 만날 수 있다고 소문이 났다. 낙랑파라는 미술을 전공하고 동경 유학을 다녀온 이순석이 화신백화점에서 일하다가 그만두고 세운 끽다점이었다. 이 층 건물을 사서 일 층에는 낙랑파라를 세우고, 이 층은 전시관 겸 자신의 작업실로 꾸민 것이다. 예술가가 세운 끽다점에 예술가들이 드나들자 점점 독특한 분위기가 형성됐다. 그래서인

---

* 당시 끽다점은 차와 커피를, 카페는 술을 마시는 곳이었다.

지 종종 미술 전시회와 음악 감상회가 열렸고, '괴테의 밤' 같은 회합도 열리곤 했다. 하지만 천성이 조용한 백석은 낙랑파라 특유의 떠들썩한 분위기를 그다지 좋아하지 않았다. 다만 언세 가도 문학이나 예술에 관해서 얘기를 나눌 사람이 있다는 점은 그 역시 인정하는 장점이었다.

이런저런 생각을 하면서 걷던 백석이 어느새 낙랑파라 앞에 도착했다. 잠깐 멈춰서서 심호흡한 뒤, 문을 열고 들어갔다. 역시 예상대로 안에는 손님들이 가득했다. 벽에는 독일 여배우의 사진들이 걸려 있고, 죽음기에서 알아들을 수 없는 샹송이 흘러나왔다. 낙랑파라 실내의 가운데에는 커다란 나무가 세워져 있는데 야자수처럼 꾸며놨다. 그리고 옆에는 커다란 파초가 있어서 흡사 여기가 조선이 아니라 남반구의 어딘가인 것처럼 느껴졌다. 의자와 테이블은 모두 일본에서 유행하는 등나무로 만들어서 시원하고 가벼운 느낌을 줬다. 떠들썩한 목소리들이 회오리치는 낙랑파라 안에서 잠시 길을 잃은 백석은 구석에서 자신을 부르는 소리를 들었다.

"어이, 여기야."

소리가 난 쪽으로 고개를 돌리자 하얀 벽을 등지고 앉은 신문사 교정부 부장인 송유철이 보였다. 백석은 그쪽으로 걸어가 꾸벅 인사했다. 바로 옆자리에는 헌팅캡을 쓴 남자가 토스트를 정신없이 먹어대는 중이었다. 맞은편에는 한복을 입고 목도리를 두른 아가씨가 프루트 파르페를 마시고 있었다. 백석이 의자에 앉자, 송유철이 지나가는 여자 종업원을 불렀다.

"여기 커피 두 잔."

여자 종업원이 알겠다고 하고 자리를 뜨자 송유철이 담배를 꺼내서 입에 물었다. 그리고 성냥을 그어서 불을 붙인 다음에 연기를 뿜어냈다. 그리고 연기 속으로 백석을 지그시 쳐다봤다. 백석은 커피가 올 때까지 아무 말도 하지 않았다. 커피가 나오자 김이 모락모락 피어나는 커피를 한 모금 마신 송유철이 의미심장한 표정으로 백석을 바라보다가 입을 열었다.

"여기 커피는 여전히 맛이 없군. 차라리 조달수를 시킬 걸 그랬어."

조달수가 무엇인지 물어보려던 백석의 머릿속에 김기림과 함께 여기에 왔던 때가 떠올랐다. 그때 김기림이 주문했던 게 바로 조달수, 그러니까 탄산수였다. 질문을 씹어 삼킨 백석을 가느다란 눈으로 바라보던 송유철이 찻잔을 내려놓으며 두 손으로 깍지를 끼었다.

"동아일보 쪽에 아는 사람이 있는데 말이야. 거기 주필이 낭산 김준연이야. 일본제국대학에서 법학을 전공하고 독일 유학을 다녀왔지."

낭산 김준연이라는 이름이 나오자, 백석은 예상 밖이라는 표정을 지었다. 그런 백석을 느긋한 눈으로 바라보던 송유철이 깍지를 푼 채 등나무 의자 등받이에 몸을 기댔다.

"김준연의 큰딸이 그림을 그리는데, 우리 신문사 사회부 신현중 기자와 약혼한 상태였지. 그런데 말이야……."

송유철은 잠깐 뜸을 들이다 입을 열었다.

"최근에 신현중이 약혼을 무르겠다고 얘기했다더군."

"현중이가요?"

신현중은 백석만큼은 아니지만 입이 무거운 편이라 개인적인 문제에 대해 별로 언급하지 않았다. 그의 약혼녀인 김준연의 큰딸도 본 적이 없었다. 그래서 백석은 송유철이 그런 얘기를 하는 이유를 전혀 짐작할 수 없었다. 그런 백석을 재미있다는 표정으로 바라보던 송유철이 담배를 한 모금 길게 빨았다.

답답해진 백석은 잔을 들고 커피를 한 모금 마셨다. 송유철의 말대로 낙랑파라 커피는 맛이 없는 편이었다. 입안을 감도는 커피의 향을 음미하려는데 송유철의 목소리가 귓가에 송곳처럼 파고들었다.

"김준연 쪽에서 신현중이 왜 자기 딸이랑 한 약혼을 무르려고 하는지 알아봤는데 말이야. 다른 여자랑 혼인하려고 파혼하는 거라고 했다는 거야. 김준연 쪽에서는 자기네 집안의 가세가 기우니까 그걸 보고 약혼을 물린 것 같다고 크게 화를 냈지."

커피를 삼킨 백석이 고개를 저었다.

"그럴 친구는 아닙니다."

"어쨌든 그쪽에서 알아보니까 신현중이 김준연의 큰딸과 파혼하고 혼인하려는 여성이 통영 출신의 박경련이라고 하더군. 자네도 아는 사이지 아마?"

그 얘기를 들은 백석은 하마터면 들고 있던 커피잔을 떨어뜨릴 뻔했다. 가까스로 잔을 내려놓은 백석이 의심의 눈빛으로 바라보자, 송유철은 혀를 찼다.

"정말 몰랐던 거야?"

"거짓말하지 마십시오. 그게 말이 됩니까?"

"저런, 전혀 몰랐던 모양이네. 허준까지 셋이 광화문 삼인방이라며 어울려 다닌 걸로 알고 있었는데."

요란스럽게 혀를 차던 송유철이 덧붙였다.

"자네가 통영까지 내려오고 관심을 보이니까 박경련의 어머니가 자네에 대해서 이리저리 알아본 모양이야. 서상호라고 박경련 어머니의 친오빠가 조선중앙일보 이사로 있어."

송유철이 떠드는 소리는 더 이상 백석의 귀에 들어오지 않았다. 신현중은 통영으로 내려갈 때 함께 간 친구였다. 백석이 그녀를 얼마나 좋아하는지 직접 보고 들었다. 그래서 백석은 신현중이 그런 짓을 하리라고는 꿈에도 생각하지 못했다. 하지만 송유철이 들려준 현실은 더 잔혹했다.

"서상호 이사가 신현중을 만나서 자네에 대해 이것저것 물었던 모양이야. 그런데 거기서 신현중이 자네 어머니에 대해서 얘기한 것 같아."

가까스로 정신을 차린 백석이 물었다.

"제 어머니요?"

"그래, 자네 어머니가 기생 출신이라는 소문이 있다고 말했다더군."

백석은 뒤통수를 세게 맞은 것 같은 충격에 혀조차 꼬였다. 아버지와 어머니는 열세 살 차이가 났다. 그래서 종종 기생 출신이 아니냐는 오해와 헛소문이 있었다. 아무 말도 못 하는 백석에게 송유철이 걱정해 주는 척하는 말투로 계속 얘기했다.

"신현중이 왜 그런 얘기를 했는지 사뭇 궁금했는데 말이야. 며칠 전에 박경련과 혼인한다는 소식을 듣고는 왜 그런 얘기를 했는지 비로소 알게 되었지. 물론 그게 아니어도 박경련의 어머니로서는 자네가 낯설 수밖에 없을 거야. 저 멀리 북쪽 사람이니까 말이야."

커피를 한 모금 마신 송유철이 느긋하게 말했다.

"거기다 박경련의 어머니는 일찍 남편을 여읜 상태라 더더욱 사위를 믿을 만한 사람으로 들이고 싶었겠지. 그래서 자네 집안이나 재산에 대해서 알아보려고 했던 모양이야. 그런데 신현중이 중간에서 전혀 엉뚱한 얘기를 꺼내서 파투를 내고 말았군그래."

백석은 주먹을 불끈 쥔 채 송유철을 노려봤다. 충격으로 정신을 차릴 수 없는 중에도 친구인 신현중이 그랬을 리 없다고 굳게 믿었다. 신문사에 돌아가 물어봐야겠다고 생각하며 일어나려는 찰나, 허겁지겁 안으로 들어오는 신현중이 보였다. 습관처럼 반가운 마음에 활짝 웃던 백석은 신현중이 중절모를 구겨 쥐고 안절부절못하는 걸 보면서 불길한 마음이 들었다. 둘의 그런 마주침을 지켜보던 송유철이 재미있다는 표정을 지으며 일어났다. 그리고 신현중의 어깨에 손을 올리며 말했다.

"커피 한 잔 시켜줄 테니까 마시면서 천천히 변명하게."

지나가는 여자 종업원에게 커피를 한 잔 주문한 송유철이 백석을 보면서 덧붙였다.

"친구가 충격을 꽤 크게 받은 모양이야."

썰썰거리며 웃은 송유철은 낙랑파라의 문을 열고 밖으로 나갔다. 충격에 빠진 백석에게 신현중이 다가왔다.

"다 설명할 테니까 차분하게 들어주게."

가까스로 자리에 앉은 백석은 아까 송유철이 앉았던 등나무 의자에 앉은 신현중을 바라봤다.

"방금 말도 안 되는 얘기를 들었어. 사실이 아니지?"

말아쥔 주먹으로 입을 가린 채 헛기침한 신현중이 백석의 집요한 시선을 피해 바닥을 내려다봤다. 잠시 후, 송유철이 나가면서 주문한 커피가 도착했다. 황급히 커피를 한 모금 마신 신현중이 고개를 들어 백석을 힐끔 바라봤다.

"박경련에 대한 자네의 마음은 누구보다 잘 알고 있어. 그래서 자네랑 통영에 내려갔을 때는 정말 진심으로 둘이 이어지길 바랐지."

백석이 주먹으로 등나무 테이블을 치면서 소리쳤다.

"그런데 왜?"

커피잔이 들썩거리면서 안에 든 커피가 출렁거렸다. 신현중은 얼굴을 찌푸린 채 대답했다.

"사실 박경련은 자네에 대한 마음이 전혀 없네. 그래서 올 초에 우리가 통영에 내려갔을 때도 자네를 피해 서둘러 경성으로 올라갔던 거야."

"나를 피해서?"

백석이 굳은 표정으로 중얼거리자, 신현중이 마른침을 삼키며 고개를 끄덕거렸다.

"그녀는 자네에게 아무런 마음이 없었어. 그래서 자꾸 찾아오는 게 부담스러웠던 거지. 거기다 박경련의 어머니는 외동딸을 아무 연고도 없는 북쪽 사람인 자네에게 시집 보내야 할까 봐 무척 걱정하셨어."

"아무런 연고도 없다고?"

"자네가 신문사에서 일하고 있을 때야 경성에 머물겠지만, 만약 그만두면 정주로 돌아갈 거잖아. 그러면 통영에서 살던 박경련은 졸지에 저 북쪽 끝으로 자네를 따라가야 한단 말이야. 그걸 걱정했던 거지."

신현중의 얘기를 들은 백석은 여전히 분이 풀리지 않았다.

"그렇다면 왜 내 어머니가 기생 출신이라고 거짓말했나? 그게 사실이 아니라는 걸 알고 있잖아."

핏대를 올린 백석의 힐난에 신현중은 곤혹스러운 표정을 지었다.

"사실은 박경련의 어머니가 자네에 대해서 알아봐 달라고 오빠인 서상호 씨에게 부탁했었어. 그래서 서상호 씨가 나에게 이것저것 물었고, 그때 나온 얘기였네. 그쪽에서 먼저 물어봐서 잘 모르겠다고 한 것뿐이야."

"모르다니! 설사 그게 맞다고 해도 아니라고 하는 게, 그리고 좋은 사람이라고 얘기해 주는 게 친구 된 도리 아닌가?"

"맞는 얘기야. 하지만……."

괴로운 표정을 지은 신현중이 어렵게 입을 열었다.

"나도 그녀를 알게 되면서 차츰 마음에 넣게 되었네. 처음에는 나도 내 마음이 이해가 가지 않았어. 절친한 친구가 좋아하는 여성이고, 나 역시 약혼녀가 있었으니까 말이야. 그렇지만 자네처럼 내 마음 역시 주체할 수가 없었네. 그래서 서상호 씨와 얘기를 나누다가 불쑥 나도 모르게 말하고 말았지. 그녀를 사랑하는 것 같다고 말이야."

차츰 작아지는 신현중의 목소리는 낙랑파라에 울려 퍼지는 이름 모를 상송에 파묻혀 버렸다. 백석은 주먹 쥔 손을 허벅지에 올려놓은 채 아무 말도 하지 않았다. 그런 백석을 괴로운 눈으로 바라보던 신현중이 조심스럽게 입을 열었다.

"입이 열 개라도 할 말이 없네. 더군다나 자네가 그녀를 얼마나 좋아하는지 직접 옆에서 봤으니까 말일세. 하지만 경련이도 그렇고 경련이의 어머니도 자네를 받아들일 상황이 아니었어. 서상호 씨가 자네에 대해서 알아본 것도 사실은 안 되는 이유를 찾는 것에 가까웠네."

담담하게 사실을 얘기하는 신현중의 말에 백석의 마음속은 괴로움으로 한없이 뒤틀렸다. 그녀를 향한 자신의 사랑이 일방적이었다는 점과 그것을 당사자가 전혀 받아들이지 못하고 부담스러워했다는 것을 뒤늦게 깨달은 것이다. 백석이 아무 말도 못 하고 커피로 입을 적시자, 신현중도 마른침을 삼켰다.

"서상호 씨와 얘기하다가 문득 내 속내를 털어놨네. 그러면 사윗감으로 나는 어떠냐고 말이야."

백석은 힘겹게 고개를 들어서 신현중을 바라봤다. 그 역시 힘들어하는 게 보였다. 등나무 의자에 힘겹게 몸을 의지하고 있는 모습이었다.

"낭산 김준연 어른께서도 진노하셨지. 애지중지하는 큰딸을 맡겼는데 다른 여자와 혼인하기 위해 약혼을 무른다고 했으니까 말이야. 그분께서는 자신이 몰락하는 것을 보고 내가 몸을 빼는 게 아니냐고 하셨지만, 전혀 그렇지 않아. 낭산은 무너져도 낭산이지. 내 마음도 내 마음일 뿐이고."

미안하다고 하면서도 자신의 속내를 담담히 드러내는 신현중의 얘기에 백석은 마음이 산산이 부서지는 것만 같았다. 크게 한숨을 쉰 다음 아무 말 없이 일어났다. 더 이상 이 자리에 있고 싶지 않았기 때문이다. 신현중은 그런 백석을 따라서 일어나려다가 주춤거리며 도로 주저앉았다. 백석은 신현중을 남겨둔 채 낭랑파라를 나왔다. 거리로 나온 백석은 코트 주머니에 넣어뒀던 전보를 꺼냈다. 함흥의 영생고등보통학교에서 영어 교사로 초빙하고 싶다는 내용이었다. 친구들과 경성에 있는 게 좋아 당연히 거절하려고 했는데, 이제 생각이 바뀌었다. 전보를 도로 코트 주머니에 집어넣고 본정에 있는 경성우편국으로 향했다.

1936년 봄, 백석이 갑자기 사표를 내자[*] 신문사가 발칵 뒤집혔다. 하지만 백석은 개의치 않고 함흥으로 떠날 준비를 했다. 〈조광〉의 뒤를 이어 창간한 여성 전문 잡지 〈여성〉 창간호의 편집까지 마치고 하숙집의 짐을 꾸렸다. 옆에서 말없이 도와주던 허준에게 백석이 말했다.

"종종 연락할게. 휴가 때 놀러 와. 함흥은 볼거리도 많고 음식도 맛있으니까."

"자네를 볼 면목이 없네."

백석은 고개를 푹 숙인 허준의 어깨를 토닥거리며 말했다.

---

[*] 백석이 조선일보를 그만둔 건 1936년 4월이고, 신현중과 박경련이 혼인한 것은 다음 해이다. 따라서 소설 속에서 백석이 두 사람의 결혼 소식에 충격을 받고 조선일보를 그만둔 것은 작가의 상상이다.

"자네가 왜? 어차피 신문사는 유학을 보내준 것에 대한 답례였어. 시인은 바람이잖아. 떠도는 삶을 살고 싶어."

"매부가 왜 그랬는지 전혀 알 수가 없어. 왜 그랬냐고 하면 미안하다고만 하고 말이야."

"사람의 마음이라는 게 어디 쉽사리 정해지겠어? 나름대로 사연이 있겠지."

백석은 며칠 동안 마음이 찢어지는 듯한 고통스러운 시간을 보낸 뒤 오히려 담담해졌다. 허준은 뭔가 위로의 말을 건네주다가 밖에서 클랙슨 소리가 들리자 고개를 돌렸다.

"택시가 온 모양이네."

미닫이문을 연 백석이 슈트 케이스를 들고 나가자 허준 역시 가방과 다른 슈트 케이스를 들고 따라 나갔다. 대문 밖에는 옆구리에 '종로 택시'라는 글씨가 적힌 택시가 서 있었다. 좁은 골목길을 차지한 택시의 트렁크에 슈트 케이스를 집어넣은 백석은 허준에게 가방을 건네받았다.

"같이 갈까?"

허준의 물음에 백석은 웃으며 고개를 저었다.

"신문사 바쁘잖아. 내 걱정은 하지 마. 함흥에 도착하면 전보

보낼게."

백석이 뒷좌석에 앉자 하얀 장갑을 낀 택시 기사가 미터기의 버튼을 눌렀다. 그리고 천천히 출발했다. 허준은 통의동 골목 길을 빠져나가는 택시를 바라보면서 물끄러미 서 있었다. 고 개를 살짝 돌린 백석이 창밖으로 손을 내밀어서 천천히 흔들 었다. 멀어져 가는 택시를 보면서 허준은 백석이 얼마 전 조선 일보에 연작으로 수록한 시 〈통영2〉의 한 구절을 떠올렸다.

난이라는 이는 명정골에 산다는데

명정골은 산을 넘어 동백나무 푸르른 감로 같은 물이 솟는 명정 샘 있는 마을인데

샘터엔 오구작작 물을 긷는 처녀며 새악시들 가운데 내가 좋아하는 그이가 있을 것만 같고

내가 좋아하는 그이는 푸른 가지 붉게 붉게 동백꽃 피는 철 엔 타관 시집을 갈 것만 같은데

긴 토시 끼고 큰머리 얹고 오불고불 낯선 거리로 가는 여인 은 평안도서 오신 듯한데 동백꽃이 피는 철이 그 언제요

함흥의 시인

점심시간에 잠깐 주변 산책을 마친 백석이 교문에 들어서자 멀리 이 층 본관의 창문에서 학생들의 야유 소리가 들렸다. 감색의 더블 버튼 양복에 독특한 헤어스타일 덕분이었다. 경성에서도 눈에 띄던 백석의 옷과 헤어스타일은 함흥에서는 듣도 보도 못한 모양새였다. 그래서 학생들은 백석을 보기만 하면 야유하곤 했다. 백석은 신경 쓰지 않고 건물 안으로 들어갔다. 함흥의 영생고등보통학교는 대한제국 시기 캐나다 기독교 장로회 선교사가 문을 연 영생중학교가 시작이었다. 일제강점기에 접어들어 계속 확장하다가 오 년제 고등보통학교가 되었다. 기독교 계통의 학교가 그렇듯이 일본의 지배에 대해 반감이 있었고, 학생들 역시 마찬가지였다. 유학까지 다녀왔지만, 일본 제국주의에 반감을 품고 일본어를 제대로 배우지 않았던 백석에게는 안성맞춤인 곳이었다. 계단을 올라 이 층의 교실로 들어간 백석이 들고 온 영어 사전과 출석부를 교탁에 내려놨다. 검정 교복을 입은 학생들의 호기심 어린 눈빛과 눈이 마주친 백석은 출석부를 펼치지 않고 오십 명에 달하는 학생들의 이름을 일일이 호명했다. 학생들은 놀란 표정으로 대답했다. 마지막 학생의 이름까지 호명한 백석이 분필을 들고 칠판을 향해 돌아섰다. 그리고 능숙한 필기체로 영어 문장을 쓰기 시작했다. 백석의 영어 수업 방식은 간단했다. 하루에 한 페이지 정도의 영어 문장을 가르쳐주고 다음 날 암기하는 방식이었다. 일본 아오야마 학원의 영어사범과를 우수한 성적으로 졸업한 그는 고향으로 돌아와 영어 교사가 되고 싶었다. 신문사에 입사하느라 잠시 그 꿈이 늦어진 것이다. 백석은 빠른 손놀림으로 칠판에 영어 문장을 가득 쓰고 나서 돌아섰다. 그리고 분필 가루가 묻은 손을 탁탁 털었다. 칠판에 가득한 영어 문장을 본 학생들 표정이 어두워졌다. 그런 학생들에게 백석이 말했다.

"언어를 배우는 건 쉬운 일이 아니야. 그 나라의 문화와 가치관까지 모두 이해해야 한다는 뜻이지. 그러니까 가장 좋은 건 우리가 직접 구라파나 아메리카에 가는 거지. 하지만 그럴 수 없잖아."

학생들이 고개를 끄덕거리자 백석이 영어가 가득한 칠판을 손가락으로 짚으면서 덧붙였다.

"그러니까 우리가 할 수 있는 건 오직 외우는 것뿐이야. 머리에 깊이 박힐 정도로 외우면 자연스럽게 단어를 쓸 수 있고, 그러면 그 나라에 가보지 않고도 이해할 수 있는 거지. 나중에 너희들이 커서 해외에 가게 된다면 오늘 외운 단어들의 세계를 쉽게 이해할 날이 올 거다."

힘주어 말한 백석이 가볍게 웃자 학생들도 따라서 웃었고, 몇몇은 굳은 표정을 지었다. 백석은 누군가를 가르친다는 게 너무나 행복했다. 아이들에게 칠판의 영어를 필기하도록 하고 창가로 물러난 백석이 창문 밖을 바라봤다. 봄에 부임해서 여름을 보내고 가을도 이제 거의 끝나가는 시기라 운동장에는 낙엽도 별로 보이지 않았다. 교문 근처에서 어제 떨어진 낙엽을 긁어모으는 소사(학교 일꾼)의 굽은 등이 도드라져 보였다. 수업이 끝나고 벌어질 반 대항 축구 시합 연습을 위해서 몇몇 학생들이 운동장에서 돌을 골라내고 라인을 그리고 있었다.

수업을 마친 백석이 어깨에 묻은 분필 가루를 손가락으로 툭 툭 쳐내며 말했다.

"다음 주에 삼 반이랑 축구 시합하는 거 알고 있지? 오늘 끝나고 연습할 거니까 다 참석하도록 해. 영어건 운동이건 지면 안 된다."

백석은 얘기를 마치고 영어 사전과 출석부를 챙겨 교실 밖으로 나왔다. 일 층의 교무실로 내려와 자기 책상에 물건들을 내려놓다가 전보 한 장이 놓여 있는 걸 봤다. 전보의 내용을 읽고 나자 저절로 지어지는 웃음을 참기 어려웠다. 냉기가 맴도는 교무실에서는 아까까지 낙엽을 긁어모으던 소사가 난로를 설치하려고 낑낑거리며 연통을 연결하고 있었다. 백석은 어수선한 교무실을 한번 쓱 돌아본 뒤 입고 있던 양복 상의를 벗어서 옷걸이에 걸어놓고 스웨터를 꺼내 입었다. 바지도 낡은 바지로 갈아입은 다음, 목에 호루라기를 걸었다. 그런 백석의 모습을 보고 옆 반의 국어 선생님이 물었다.

"애들이랑 축구하려고요?"

"네, 잘하지는 못하지만, 학생들이 뛰는데 담임도 같이 뛰어야죠."

백석은 옷을 대충 추스른 뒤 교무실을 나왔다. 그러다가 헐레벌떡 달려온 강용률과 마주쳤다. 늦깎이로 입학해서 백석과는 몇 살 차이 안 나는 강용률은 각진 얼굴에 눈이 부리부리했다. 겉모습이 강인해 보이고, 목소리도 굵직하지만, 마음씨는 의외로 어린아이 같아서 동시와 동요에 관심이 많았다. 백석과 만나기 이전에 이미 강소천이라는 필명으로 〈신소년〉이라는 잡지에 동시를 발표한 적이 있었다. 오 년 전에 입학했으니 원래대로라면 1936년에 부임한 백석과 마주칠 일이 없었다. 하지만 사 학년 겨울방학 때 만주로 떠나서 일 년 동안 떠돌이 생활을 했기에 백석과 같은 시기에 학교를 다니게 됐다. 다들 백석을 겉멋 든 모던 보이쯤으로 알고 있었지만, 강용률은 백석이 어떤 사람인지 잘 알고 있었다. 부임 첫날부터 찾아와 가르침을 청했고, 백석은 강용률이 우락부락한 외모와 달리 동시를 쓴다는 말에 호감을 느꼈다. 그래서 시간이 날 때마다 그가 쓴 동시를 봐주곤 했다. 어느 정도 수준이 되면 예전에 다니던 조선일보에 다리를 놔줄 생각이었다. 강용률은 숨을 헐떡거리며 백석에게 수첩을 내밀었다.

"선생님. 쉬는 시간에 잠깐 생각이 떠올라서 적어봤습니다."

백석은 서둘러 나가야 했지만 강용률의 절박한 눈빛을 그냥 넘길 수는 없었다. 백석은 강용률이 건넨 수첩을 넘겼다. 거기에는 연필로 급하게 적은 듯한 동시가 적혀 있었다.

물 한 모금
입에 물고

하늘 한 번
쳐다보고

또 한 모금
입에 물고

구름 한 번
쳐다보고

백석은 큰 충격을 받은 표정으로 강용률을 바라봤다. 학교와 하숙집에서 가르칠 때 잘 배우기는 했지만, 이 정도로 경쾌

하고 눈에 띄는 동시를 단번에 써낼 줄은 몰랐기 때문이다. 백석은 다시 한번 강용률이 적은 동시를 눈으로 읽어보고는 물었다.

"제목은 정했나?"

"대충 '닭'이라고 적었습니다. 촌스럽죠?"

배시시 웃는 강용률에게 백석이 고개를 저었다.

"고향을 얘기하면서 촌스럽다는 말은 안 어울려. 이건 손대지 마. 잘 썼으니까."

"정말입니까? 선생님?"

기뻐하는 강용률의 어깨를 툭툭 친 백석이 말했다.

"순수함을 가지고 있는 사람만이 동시를 쓸 수 있어. 모르는 사람은 어린이의 눈높이에 맞춘답시고 형편없이 쓰는 경우가 많지만 말이야. 제목은 닭이 좋을 거 같으니까 원고지에 잘 써서 보여주게."

"알겠습니다."

고맙다고 말하며 고개를 숙이는 강용률을 흐뭇하게 바라보던 백석은 서둘러 현관 밖으로 나갔다. 운동장에는 벌써 아이들이 나와서 몸을 푸는 중이었다. 삼 학년인 김희모가 골키퍼를 보려고 하는지 골대 근처에서 서성거리며 팔다리를 움직였다. 백석은 서둘러 뛰어가면서 외쳤다.

"날이 추우니까 몸을 충분히 풀자."

백석이 호루라기를 불면서 팔다리를 이리저리 움직이자 운동장 여기저기에 흩어져 있던 학생들이 따라서 준비운동을 했다. 추운 바람이 불면서 황량한 사막 같은 운동장에 작은 돌풍이 불었다. 하지만 추위에 익숙한 학생들은 개의치 않고 몸을 풀었다. 적당히 몸을 풀었다고 생각한 백석은 골키퍼를 보고 있던 김희모에게 공을 던지라고 손짓했다. 김희모가 가볍게 찬 공이 한 번 튕기고 백석 앞에 떨어졌다. 하지만 축구를 잘하지 못하는 백석은 공을 놓치고 말았다. 학생들이 그 모습을 보고 가볍게 웃었지만, 백석은 개의치 않고 굴러간 공을 잡은 다음 옆구리에 끼고 외쳤다.

"자! 미리 팀을 짠 대로 경기한다. 다치지 않게 조심해서 해."

백석이 가운데로 공을 굴리며 힘껏 호루라기를 불었다. 그러자 학생들이 일제히 함성을 지르며 공을 쫓아서 달렸다. 이리저리 날아다니던 축구공을 누군가 뻥 차자 상대편 골대로 날아갔다. 백석은 정신없이 공을 쫓아갔지만, 곧 지쳐버리고 말았다. 걸음을 늦추고 두 팔을 뒤로 젖힌 채 눈을 감고 숨을 크게 들이쉬었다. 그리고 어깨를 짧게 털면서 다시 뛰기 시작했다. 학생들은 정신없이 공을 쫓아다니면서 땀을 흘렸다. 뛰는 속도가 점점 느려지던 백석은 다시 숨을 고르기 위해서 걸음을 멈췄다. 그때 검정 택시가 먼지를 펄펄 날리며 교문 근처에 도착했다. 함흥 택시가 운행 중이긴 했지만 아직은 눈에 띄게 많은 편은 아니었다. 그래서인지 학생들은 자연스럽게 축구를 멈추고 택시를 바라봤다. 교문 앞에서 멈춘 택시의 뒷문이 열리자 중절모를 쓴 한 사람이 내렸다. 멀리 떨어져 있어서 실루엣 정도밖에는 보이지 않았지만, 백석은 택시에서 내린 사람이 누군지 단번에 알아차렸다. 반가운 마음에 학생들에게 계속하라는 손짓을 하고는 단숨에 교문까지 달려갔다. 택시 기사가 트렁크에서 꺼내 준 슈트 케이스를 챙기던 허준이 달려오는 백석을 향해 두 팔을 벌렸다. 힘껏 달려온 백석을 끌어안으며 허준이 웃는 얼굴로 말했다.

"경성에 있을 때는 뛰지도 않던 친구가 어쩐 일이야?"

"애들이랑은 뛰면서 노는 게 좋아. 전보를 받긴 했는데, 웬일이야?"

146

추운지 코트의 옷깃을 올린 허준이 대답했다.

"용천의 본가에 오면서 잠깐 들른 거야."

"잘 왔어. 어디 머물 곳은 정했어?"

"내리자마자 택시 타고 오느라고 못 잡았어."

"내 하숙집이 이 근처야. 머물다 가."

백석의 대답을 들은 허준이 씩 웃었다.

"깨끗하게 써야 하나?"

"대충 써도 괜찮아. 일단 추운데 교무실로 들어가세."

"괜찮으니까 축구 보면서 얘기나 나누지."

"그것도 좋지."

백석은 흔쾌히 웃으며 허준이 들고 온 슈트 케이스를 들어줬다. 둘은 정신없이 공을 차는 학생들을 바라보면서 운동장을 돌아 현관 근처의 스탠드로 향했다. 조회하는 단상 옆에 있는 계단식 스탠드에 앉자, 허준이 셔츠 안주머니에서 마코 담배를 꺼내 입에 물었다. 성냥을 그어서 담배에 불을 붙이고 깊게 한 모금을 들이마셨다. 차가운 허공으로 흩어지는 연기를 물끄러미 바라보던 백석이 물었다.

"경성은 어때?"

"끔찍하지."

칼날처럼 차갑게 대꾸한 허준이 두 번째 연기를 내뿜으며 덧붙였다.

"여름에 터진 일장기 말소 사건 여파가 계속되고 있어. 우리 신문사는 피해 갔지만 언론계가 완전히 초토화되었어."

"그렇군. 여기서도 꽤 크게 화제가 되었어."

팔월에 독일 베를린에서 열린 올림픽에서 마라톤 경기에 출전했던 손기정과 남승룡 선수는 각각 일 등과 삼 등으로 들어왔다. 특히, 우승한 손기정*은 두 시간 이십구 분이라는 올림픽 신기록을 세우기도 했다. 하지만 시상대에 올라선 손기정은 머리에 씌워진 월계수 잎으로 눈을 가렸고, 상품으로 받은 묘목으로 가슴에 달린 일장기를 가렸다. 삼 등으로 시상대에 오른 남승룡 역시 바지를 끌어 올려서 일장기를 안 보이게 하려고 애를 썼다. 조선에서 태어나서 조선인으로서 살아가고 있음에도 불구하고 일장기를 달고 일본 이름으로 불리며 상을 받아야 하는 비통함을 어떻게든 감추고 싶었기 때문일 것이

---

* 손기정(1912~2002)이 올림픽에서 우승하는 모습은 당시 독일의 영화감독이었던 레니 리펜슈탈이 찍은 〈올림피아〉에 남아 있다.

다. 그런 마음은 손기정과 남승룡의 소식을 전하는 신문사에도 고스란히 이어졌다. 여운형이 사장으로 있는 조선중앙일보와 김성수가 운영하던 동아일보가 두 사람이 시상대에서 메달을 받는 장면이 찍힌 사진을 인쇄하면서 가슴에 달린 일장기를 지워버린 것이다. 일장기 말소 사건이라고 불리는 이 사건으로 인해 조선중앙일보와 동아일보는 일제의 탄압을 받게 됐다. 동아일보의 송진우 사장과 사회부장이자 소설가인 현진건, 주필인 김준연 등이 체포당해서 조사받았고, 구류를 살아야만 했다. 조선중앙일보 역시 자진해서 휴간한 탓에 더 이상 신문이 발행되지 못했다. 이 사건은 결국 송진우가 신문사 운영을 포기하고, 관련자들이 언론계를 떠나는 것으로 마무리됐다. 사건의 전모를 띄엄띄엄 전하는 신문 기사를 보면서 백석은 일본이 내세운 문화정치의 목적이 무엇인지 알게 되었다. 백석이 다녔던 조선일보는 폭풍우를 비껴갔지만, 예전 같지 않다는 것이 가끔 보는 신문에서 확연히 느껴졌다. 비상식이 상식이 되어버린 야만의 시대가 도래한 것이다. 그것도 아주 빠르게 말이다.

허준이 피운 담배 연기가 허공에 흩어지는 걸 지켜보면서 백석은 가슴속이 차가워지는 걸 느꼈다. 일본 제국주의라는 괴물이 만들어낸 지옥 같은 현실이 시를 꿈꾸는 자유마저 박탈해 버리는 것은 아닌지 걱정되었기 때문이다. 담배를 다 태운 허준이 백석을 힐끔 바라봤다.

"경성에서 자네 때문에 난리가 난 것도 알고 있어?"

뜬금없는 허준의 애기에 백석이 의아한 표정으로 바라봤다.

"나 때문에?"

"자네가 발표한《사슴》을 두고 임화랑 김기림이 한판 붙었잖아."

"아, 이미 싸우고 있었잖아."

백석이 싱겁게 웃으며 애기하자 허준이 입맛을 다셨다.

"경성은 너 때문에 난리가 났는데, 너는 여기서 세월을 낚고 있구나."

"시인은 시를 쓰면 그만이지. 다른 건 신경 쓸 필요가 없어."

마치 딴 사람 애기를 하는 듯한 백석을 본 허준은 헛웃음을 지었다.

"〈조광〉에 실린 임화의 글은 읽어봤어? 제목이 문학상의 지방주의 문제였나 아마?"

"보긴 봤는데, 뭐 크게 신경 쓸 문제는 아니잖아? 그 사람은 열렬한 카프주의자라 내가 하는 얘기를 못 알아들을 거야."

"하긴, 너만 비난한 게 아니라 김동리 작가의 〈바위〉와 〈무녀도〉도 비난했어. 지나친 지방주의가 문학적 성취를 잃어버리고, 스스로 시골뜨기 문학으로 격하했다고 말이야."

"문학이 시골을 얘기하면 촌스러운 건가?"

허준이 아니라 스스로에게 질문을 던진 듯한 백석은 하늘을 올려다봤다.

"경성의 하늘이나 이북의 하늘이나 똑같아. 나는 이곳에서 태어났고, 이곳이 나의 고향이자 세상의 중심이야. 경성은 낯선 대도시일 뿐이지. 그곳의 기준에 맞출 필요는 없잖아. 시는 이정표가 아니라 나침반이니까."

"필요 이상으로 지방적 색채를 강조하는 것은 문학적 특수성이 아니라 지방주의적 경향이며, 표준어가 아니라 일부러 오래된 언어를 쓰는 것은 감상적 복고주의에 불과다는 거야. 지금은 돌이킬 수 없는 민족적 과거를 쓸데없이 들춰내는 일에 불과하다는 게 임화의 말이지."

"나는 그게 이해가 안 가. 문학이 꼭 누군가를 깨우쳐 주고, 계급의 현실을 보여주고, 제도를 타도하는 무기가 되어야만 가치를 인정받을 수 있는 건가? 문학은 그냥 문학일 뿐이야. 각자 하고 싶은 것, 보고 싶은 것을 보여주고, 쓰고, 읽고, 감상하면 그만이지. 내 고향을 얘기하는 글에 왜 이상한 의미를 붙여야 하지?"

분노보다는 하소연에 가까운 백석의 얘기를 허준은 잠자코 듣고 있었다. 1925년에 결성된 조선 프롤레타리아 예술가 동맹, 일명 카프는 무정부주의자인 아나키스트와 사회주의자, 그리고 종교계에서는 천도교와 연관이 있었다. 수많은 문인이 무산계급을 일깨우고 자본주의를 타도한다는 목적의식으로 펜을 들었다. 조용하고 고즈넉한 고향과 여러모로 성격이 닮았던 백석으로서는 한편으로는 이해가 가면서도 전적으로는 동의하기 어려운 부분이었다. 백석의 얘기를 들은 허준이 위로의 말을 건넸다.

"그래도 자네 글을 좋아하는 사람들이 많아. 〈조광〉 십일월호에 이효석 작가의 글이 실려. 누군지 알지?"

"그럼, 시월 호에 〈모밀꽃 필 무렵〉*을 쓴 작가 아닌가? 같은 호에 실린 김유정의 소설 〈동백꽃〉이나 이상의 〈날개〉도 괜찮았지만, 나는 그 작품이 제일 좋았어."

"맞아, 그 작가가 〈영서의 기억〉이라는 수필을 기고했는데, 거기 《사슴》에 관한 얘기가 나와. 나 어제 그거 편집하느라 밤을 새우고 열차를 탔어."

"그 사람도 나처럼 경성 사람은 아니던데?"

"평창 사람이야. 그래서 그런지 자네랑 닮은 구석이 많아."

"언제 한번 만났으면 좋겠네. 시골뜨기들끼리 한잔하면서 경성 놈들 욕 좀 하게 말이야."

백석의 농담에 허준이 껄껄 웃었다.

"경성 공립농업학교에서 자네처럼 영어 교사로 일하다가 몇 년 전에 평양의 숭실전문학교 교수로 부임했다는군."

"아무튼 조선의 문단은 재능 있는 문인들이 나타나면서 꽃이 활짝 피었군."

"자네도 슬슬 시를 써야지."

---

* 이효석의 〈메밀꽃 필 무렵〉은 《조광》 1936년 10월 호에 실렸다. 발표 당시 메밀은 모밀이라고 불려 제목이 '모밀꽃 필 무렵'이었다. 메밀이 표준어가 되면서 제목도 바뀐 것이다.

"그러게. 그러는 자네는 소설 안 쓰나?"

"안 그래도 요즘 신문에 연재할 장편을 써달라고 해서 준비 중이야."

마침, 한쪽이 골을 넣었는지 학생들 사이에서 환호성이 터졌다. 골을 넣은 편의 학생들이 두 팔을 높이 치켜들고 소리를 질렀다. 그걸 본 백석이 벌떡 일어났다.

"잠깐 기다리게. 학생들이랑 한바탕 뛰고 올 테니까."

허준은 천진난만하게 말하는 백석에게 어서 가라는 손짓을 했다. 뜀박질해서 달려가던 백석은 호루라기를 크게 불면서 외쳤다.

"뛰어! 힘차게!"

다시 축구가 시작되고 학생들이 헐떡거리며 뛰어다녔다. 허준은 다시 담배를 한 대 피우며 학생들 사이에서 소리치고 뛰어다니며 응원하는 백석을 바라봤다. 그리고 미처 꺼내지 못한 얘기를 떠올려 중얼거렸다.

"행복해 보이네."

한참을 뛰던 백석이 허준이 있는 곳으로 달려오더니 외쳤다.

"이따가 내 친구를 소개해 줄게. 기대하게."

"알겠네."

잠시 뒤 운동장을 뛰어다니다가 허준의 곁으로 다가온 백석이 또 말했다.

"식사는 함흥관에서 하지. 거기 요리가 진짜 맛있어."

허준은 알아서 하라는 손짓을 했다. 활짝 웃은 백석은 얼마 지나지 않아 또 숨을 헐떡거리며 뛰어왔다.

"식사하고 성천강 둑길을 같이 걷지. 산책하기 정말 좋은 곳이야."

"알겠다고."

허준이 돌을 던지는 시늉을 하자 백석은 껄껄거리며 학생들 사이로 뛰어갔다.

함흥관에서 식사를 마친 둘은 어깨를 나란히 하고 함흥 최고의 번화가인 군영통을 걸었다. 단층의 기와집과 벽돌로 만든 이 층 건물이 줄지어 있었고, 헌팅캡을 쓰고 자전거를 타고 가는 모던 보이부터 소가 끄는 수레를 몰고 가는 한복 차림의 농부까지 다양한 사람들이 보였다. 허준은 백석이 술집과 카페를 그냥 지나치는 걸 보고는 고개를 갸웃거렸다.

"술을 더 마시러 가는 게 아니었어?"

"술보다 더 재미난 걸 보러 갈 거야."

"활동사진 보러 가는 건가? 요즘 볼만한 게 없던데?"

"가보면 안다니까."

히죽거리며 웃던 백석이 허준을 데리고 간 곳은 뜻밖에도 대화양복점이었다. 한문으로 쓰인 양복점 간판을 본 허준은 어이가 없었다.

"아니, 양복 한 벌 맞춰주려고?"

백석이 대답도 하지 않고 들어가자, 허준은 도통 속을 알 수 없는 친구라고 투덜거리며 따라 들어갔다. 문에 달린 방울이 딸랑거리는 소리를 냈다. 유리로 된 진열장 안에는 온갖 색깔의 양복들이 주르르 걸려 있었다. 천장에는 크기는 작아도 모양이 눈에 띄는 샹들리에가 보였다. 무엇보다 허준을 놀라게 한 건 안쪽 카운터에 서서 백석과 얘기를 나누는 양복점 주인이었다. 주인은 키가 큰 편인 백석보다 더 컸고, 잿빛 머리에 눈이 푸른 외국인이었기 때문이다. 북쪽 끝인 함흥에서 외국인, 그것도 서양인을 만나게 될 거라고는 생각지도 못한 허준은 적잖게 당황했다. 백석은 그런 허준을 보고 웃으며 양복점

주인과 손짓까지 해가면서 얘기를 나눴는데, 러시아어였다. 놀란 허준에게 가까이 오라고 손짓하며 백석이 얘기했다.

"소개하지. 이쪽은 함흥에서 만난 내 친구 아나톨리일세. 보시다시피 아라사(러시아)에서 온 친구지."

백석의 소개를 받은 아나톨리가 솥뚜껑만 한 손을 내밀어 허준의 손을 덥석 잡았다. 그리고 어색한 조선어로 말했다.

"만나서 반갑습니다. 아나톨리라고 합니다."

놀란 허준이 눈만 껌뻑거리자 백석이 배꼽을 잡고 웃었다.

"아라사 혁명 때 건너온 친구야. 함흥에 자리 잡고 양복점을 열었지. 나는 종종 찾아와서 아라사어를 배우고 있어. 이 친구는 나한테 조선어를 배우고 말이야."

"아하, 진짜 호기심 많은 친구일세."

허준이 고개를 절레절레 저으면서 대답하자, 백석이 아나톨리에게 아라사어로 말했다. 얘기를 들은 아나톨리가 재미있다는 듯 허허 웃었다. 백석은 그런 아나톨리에게 손을 흔들면서 짧게 얘기했고, 아나톨리도 손을 흔들며 잘 가라고 대답했다. 밖으로 나온 뒤 허준은 백석을 말없이 바라봤다. 조용하고 수줍던 모던 보이 백석이 어느 정도 달라졌음을 느낄 수 있었다.

늘 누군가 끌고 가야 움직이던 백석이 학생들과 적극적으로 어울리고, 친구에게 산책 장소를 제안하고, 요릿집을 알아두고, 자기 친구를 스스럼없이 소개해 준 것이다.

백석의 달라진 모습에 대해서 생각하던 허준이 조심스럽게 물었다.

"아까는 뭐라고 한 거야?"

"스파시바! 고맙다는 뜻이야."

"영어도 모자라서 이제 아라사어야?"

"아라사에는 보물 같은 작가들이 많아. 고리키의 소설이며 푸시킨의 시를 제대로 느끼려면 아라사어를 배워야지. 여기 와서 외국 작가들 책을 많이 읽었어. 그러면서 생각했지. 어쩌면 모두가 행복한 세계도 만들 수 있지 않을까. 여러 외국 작품을 읽으며 그런 희망을 품었어. 그게 무엇인지 모르겠지만, 앞으로 나는 다르게 살아갈 생각이야."

"진짜 대단한 친구야."

"지켜보게나, 그럼 배가 두둑하게 불렀으니 내 하숙집까지 걸어갈까?"

"그러자."

시간이 제법 흘렀는지 해가 어느새 저물었다. 가로등 몇 개가 띄엄띄엄 떨어져서 외롭게 불을 밝히는 가운데 냉기 섞인 어둠이 두 사람의 어깨 위로 내려앉았다. 어둠이 찾아오자 갑자기 둘은 말을 잃었다. 서로 해야 할 말이 있긴 했지만, 좀처럼 꺼내기가 어려운 문제였다. 허준은 말없이 담배를 꺼내서 피우기 시작했다. 그리고 담배 한 개비를 다 태우고 나서야 백석을 바라봤다. 미안함이 담긴 허준의 시선을 느낀 백석은 가볍게 웃으며 하늘을 바라봤다.

"그믐달이군."

백석의 얘기에 고개를 든 허준이 하늘을 올려다봤다. 희뿌연 그믐달을 보면서 얼굴을 살짝 찡그렸다. 그리고 해야 할 얘기를 했다.

"신현중이 박경련과 곧 혼인할 모양이야."

"서두르는군."

"좋은 모양새가 아니니까. 신문사에서도 혼사 때문에 말이 많긴 해."

"회사에서 개인 혼사까지 뭐라고 할 수는 없잖아."

대수롭지 않게 대답하는 백석을 보면서 허준은 가슴이 아팠다. 말은 그렇게 했지만, 속마음은 전혀 편하지 않다는 걸 누구보다 잘 알고 있기 때문이다. 허준은 백석을 따라 그믐달을 보면서 한숨을 토해냈다.

"그렇긴 해도 다른 사람도 아닌 친구가 좋아하던 여인을 그런 식으로 채가면 어떻게 하자는 얘긴지 모르겠어."

"내가 박경련을 좋아하는 것도, 그녀가 나를 멀리하는 것도 당사자가 어쩔 수 없는 일이잖아. 그도 그런 마음이었을 거야."

"자네는 정말 속도 좋군. 나 같으면 당장 쫓아가서 박살을 내고 말 텐데 말이야."

허준이 씨근덕거리며 말하자 백석이 쓴웃음을 지으며 입을 열었다.

"사실은 말이야."

한숨을 크게 내쉰 백석이 말을 덧붙였다.

"겨울방학이 되면 자네랑 같이 통영에 내려갈 생각이었어."

"나랑?"

"자네를 앞세워서 정식으로 청혼해 보려고 했지."

백석의 얘기를 들은 허준은 살짝 입을 열었다.

"아……."

"나도 늦었다는 걸 알아. 박경련은 나를 한 번도 좋아한 적이 없고, 집안은 나를 백안시하니까 말이야. 생각해 보면 이상한 일도 아니지. 박경련에게 난 한 번 슬쩍 보고 나서 사랑에 빠졌다며 쫓아다닌, 저 멀리 북쪽에서 온 낯선 이니까 말이야."

"너무 그렇게 자책하지 마. 자네가 경성 사람이 아니라 여기 사람인 게 무슨 문제라고? 왕도 없어지고 사대부도 없어진 마당에 말이야."

백석이 걸음을 멈추고 포근한 미소를 지으며 허준을 바라봤다.

"아무튼 난 그녀를 잊지 못했었어. 그게 사랑인 줄 알았는데, 지금 생각해 보니 고집이었던 것 같아. 나의 일방적인 고집."

딱 잘라 말한 백석이 숨을 크게 들이쉬다가 내뿜었다. 마치 그녀에 대한 연정을 몸 밖으로 밀어내는 듯한 느낌이 들었다. 허준의 예상대로 백석의 표정은 한결 더 부드러워졌다.

"올겨울에는 학생들과 연극을 해볼 생각이야."

"연극?"

"응, 크리스마스 축제 때 올릴 예수님 관련 연극이야. 번역은 이미 하고 있어. 그걸로 연극 대본을 만들어서 학생들을 지도 할 생각이야."

백석의 얘기를 들은 허준이 크게 웃었다.

"좋은 생각이긴 한데, 자네는 그동안 연극을 한 번도 해본 적이 없잖아."

"그게 문제이긴 해. 그래서 조선일보에서 학예부 부장을 역임했던 안석주 선배에게 부탁해 보려고."

"안석주라면 안석영 선생 말이지?"

"맞아. 벽초 홍명희 선생이 쓴 〈임꺽정〉의 삽화를 그리셨고, 만문만화로 유명하시잖아. 최근에 영화를 찍는다고 신문사를 그만두셨어."

"사표 냈다는 얘기는 들었어. 〈심청전〉을 감독하더니 욕심이 더 나셨나 봐."

허준의 대답을 들은 백석이 고개를 끄덕거렸다.

"신문사에 다닐 때 나를 많이 아껴주셨지. 그래서 연극 감독을 해달라고 초빙할 생각이야."

"좋은 생각이네."

백석의 얘기를 듣고 칭찬한 허준이 덧붙였다.

"정신없이 일하는군."

"그럼, 학생들이랑 교지도 만들고 축구도 하고 있어. 앞으로 시도 더 열심히 써 보려고."

"잘 생각했어. 시인은 시를 써야지. 시로 얘기하고, 시로 주장 하고, 시로 떠들고, 시로 세상을 밝혀야 하잖아?"

"그럼, 소설은 무얼 하는데?"

백석의 짓궂은 물음에 잠시 생각하던 허준이 입을 열었다.

"시와 어깨를 나란히 하면서 떠들고 주장하고 세상을 밝히 는 거지."

손을 쫙 펼친 허준의 우스꽝스러우면서 과장된 모습에 백석 은 그믐달을 올려다보면서 중얼거렸다.

"아름답군. 그윽하기도 하고."

"난 슬퍼 보이는데?"

"별것이 다 슬프네."

백석이 툭 던지듯 투덜거리자 허준은 크게 웃었다. 그리고 백석의 어깨에 팔을 둘렀다.

"신문에 연재할 소설을 구상 중인데 말이야. 어떤지 한번 들 어볼래?"

"일단 제목부터, 너는 진짜 제목을 못 짓잖아."

"어허, 옛날의 내가 아니라니까. 제목은 말이야, 야한기야. 밤 야(夜) 자에 차가울 한(寒), 그리고 이야기 기(記)."

"밤의 차가운 이야기라, 제목은 일단 흥미롭네."

백석의 칭찬을 들은 허준이 들뜬 목소리로 얘기했다.

"내용은 뭐냐면 말이야. 어떤 남자가 있어. 그냥 남이라고 부를게."

"좋아."

백석이 고개를 끄덕거리자 허준은 더욱더 신이 났다.

"세상을 떠돌던 남은 고향인 온정으로 돌아와서 가정을 꾸려. 아내의 이름은 춘자고, 딸 현이를 낳아 행복하게 살지. 그런데 어느 날 남에게 불행이 닥쳐. 딸 현이가 죽고 아내인 춘자는 어느 부자와 불륜 관계인 걸 알게 된 거지."

"잠깐, 그냥 부자라고 하면 어색해. 직업이나 직책을 주는 건 어때?"

"직업?"

"뭐, 농장주라든지."

"조선 사람으로 해야 하니까 금융조합장 정도가 좋겠네."

허준의 얘기에 백석이 맞장구쳤다.

"좋아. 그래야 현실적으로 보이지."

둘은 정신없이 웃고 떠들면서 작품을 이야기하고, 그믐달이 뜬 세상을 걸었다.

다시 경성으로

택시에서 내린 백석은 신문사 앞에 우두커니 섰다.

"삼 년 만인가?"

오랜만에 돌아온 신문사는 겉으로 보기에는 달라진 게 없었다. 계절만 봄에서 겨울로 바뀌었을 뿐이다. 1939년 일 월의 추운 날씨 탓에 숨을 쉴 때마다 입김이 뿜어져 나왔다. 며칠 전 큰 눈이 내렸는지 거리는 온통 눈과 진흙 범벅이었다. 그래서 백석 옆을 지나가는 지게꾼이 입은 솜옷은 가슴팍까지 지저분했다. 지나가는 여성 가운데 상당수는 '몸빼바지'를 입었고, 군복 입은 남자들 모습도 많이 보였다. 삼 년 전 경성이 찬란한 천연색이었다면 지금 경성은 그저 칙칙하고 어두운 흑백의 도시일 뿐이었다. 이 년 전 시작된 중일전쟁은 조선에 짙은 그림자를 드리웠다. 싸우면 이기고, 진격을 거듭한다는 뉴스가 계속 나왔지만, 전쟁은 좀처럼 끝나지 않았고 오히려 길어지기만 했다. 거기에 발맞춰 조선인들에게서 조선을 지우려는 일본의 시도가 나날이 교묘해졌다. 기독교계 미션스쿨이라 상대적으로 자유로웠던 영생고등보통학교에도 조선어 수업을 없애고 일본어 교육을 강화하라는 지시가 내려왔고, 군사훈련인 교련이 시행되었다. 이에 반발한 교장이 사임하는 등 한바탕 평지풍파가 일어났다. 조용히 아이들만 가르치고 싶었던 백석에게 가혹한 시련의 시간이 시작된 것이다. 동원령을 시행한다면서 자고 일어나면 조선의 것을 빼앗아 갔다. 처음에는 지원병이라는 명목으로 조선의 청년들을 전쟁터로 끌고 가더니 차차 조선의 글도 빼앗아 갔다. 가지고 있는 것을 모조리 강탈해 가는 것도 모자라서 정신까지 앗아가려고 하느냐고 백석은 짜증을 냈다. 가족들이 경성으로 이사하게 되자 결국 학교는 그만두기로 했다. 그래서 다시 조선일보에 입사했다. 잡지를 편집하고 만드는 데 탁월한 능력이 있다는 것이 입증된 상태였기 때문에, 다시 들어가는 데는 별문제가 없었다. 한 가지 걸리는 게 있긴 했지만, 언제까지나

피해 다닐 수는 없기에 다시 신문사에 들어오기로 결심을 굳힌 것이다. 이런저런 생각을 하면서 신문사 현관을 바라보는데 갑자기 문이 벌컥 열렸다. 옛날처럼 헌팅캡에 꾸깃꾸깃한 셔츠를 입은 허준이 나왔다. 그리고 천연덕스럽게 말했다.

"오늘부터 출근하는 신입 사원인가? 이름이?"

"백석입니다. 선배님."

백석이 맞장구를 치자 허준은 손바닥을 비비며 익살스러운 몸짓을 했다.

"아니, 〈나와 나타샤와 힌 당나귀〉*로 경성의 여성들을 몽땅 나타샤로 만든 분 아니신가?"

허준의 장난에 백석 역시 웃으며 대답했다.

"그러시는 선배님은 〈야한기〉로 유진오와 김동리의 논쟁을 끝낸 허준 선생 아니십니까?"

"어허, 내 명성이 신입 사원한테까지 미쳐 있으니 참으로 장한 일일세."

지나가는 사람들은 마치 만담하는 것 같은 둘을 보면서 고개

---

* 백석의 시 〈나와 나타샤와 흰 당나귀〉의 발표 당시 제목.

를 갸우뚱거렸다. 둘은 한참 동안 농담을 주고받은 후에 서로 얼싸안았다. 허준이 백석의 어깨를 토닥거리며 말했다.

"아니, 평생 선생님으로 남을 것 같더니 불쑥 돌아왔네그려."

"학교에 미친 바람이 불어서 말이야. 더는 있을 수가 없었어."

"그래, 잘 왔어. 여기나 거기나 비슷하지만 최소한 우리는 같이 있네."

둘은 나란히 신문사 안으로 들어갔다. 익숙한 잉크 냄새를 맡은 백석은 왠지 마음이 편안해졌다. 앞장서 들어간 허준이 그를 일 층 구석의 출판부로 데려갔다. 그만둘 무렵보다 몇 배는 커진 공간을 쓰는 출판부 안에는 원고지와 책이 가득했다. 허준이 구석의 빈자리를 가리켰다.

"저기가 자네 자리야."

"너무 큰데?"

"이제 〈여성〉의 편집 주임으로 일할 테니까 이 정도는 되어야지. 어차피 금방 원고지랑 책으로 가득 찰 텐데 뭐."

바로 옆 책상에 앉아서 그림을 쓱쓱 그리던 남자가 그 얘기를 듣고 고개를 들었다. 부리부리한 눈과 초승달 같이 짙은 눈썹, 그리고 각이 진 턱이 강인해 보였다. 허준이 고개를 든 그의 어깨에 손을 올리며 말했다.

"처음 봤지? 정현웅이라고 실력 있는 그림쟁이야. 동아일보에 있다가 몇 년 전에 우리 신문사로 넘어왔지. 〈조광〉이랑 〈여성〉, 그리고 〈소년〉의 삽화를 도맡아서 그리고 있어. 미전*에서 입선이랑 특선을 밥 먹듯이 하는 친구라고."

소개받은 정현웅이 손을 내밀었다. 백석은 조심스럽게 악수하며 말했다.

"만나서 반갑습니다. 백석입니다."

"기다렸습니다. 〈나와 나타샤와 힌 당나귀〉 정말 감동적이었어요."

예상 밖의 칭찬에 백석은 애써 웃음을 참았다. 둘이 인사를 나누자 허준이 백석에게 말했다.

"나랑 동갑이니까 서로 친하게 지내자고. 앞으로 자네가 맡을 〈여성〉의 그림도 이 친구가 도맡아서 그릴 거니까."

웃고 떠드는 사이 누군가 불쑥 나타났다. 두툼한 코트에 목도리를 두른 몸이 가냘픈 여성이었는데 반달 같은 눈에 넓고

---

* '조선미술전람회'의 줄임말

깔끔한 이마가 눈에 띄었다. 백석은 모르는 사람과 또 인사해야 한다는 부담감에 잠시 숨을 참았다. 그런데 다행히 이번에 나타난 사람은 백석이 너무나 잘 아는 사람이었다.

"천명!"

백석이 아는 척하자 이름이 불린 여성도 활짝 웃었다.

"백석 씨, 드디어 오셨네요."

두 손을 꼭 잡은 노천명이 눈물을 글썽거릴 정도로 반가워했다. 백석이 경성에서 기자 생활을 할 때 종종 만났던 노천명은 모윤숙, 그리고 최정희*와 함께 어울려 다니는 여성 문인 중 한 명이었다. 반가워하는 노천명에게 백석은 고맙다는 인사를 하며 허준이 알려준 자리에 앉았다. 노천명은 백석의 맞은편 자리에 앉았다.

"작년에 조선중앙일보를 관두고 여기로 옮겨왔어요."

"앞으로 잘 부탁해요."

새로 만난 정현웅, 그리고 원래부터 알고 지냈던 노천명을 만난 백석은 마음이 홀가분해졌다. 한때는 열정을 가지고 다

---

* 노천명(1911~1957), 모윤숙(1909~1990) 그리고 최정희(1906~1990)는 훗날 나란히 친일의 길을 걷게 된다.

넜던 학교를 떠나왔다는 아픔이 잠시나마 잊히는 듯했다. 그런데 그 찰나, 먼발치에서 자기를 바라보는 또 다른 시선이 느껴졌다. 백석은 무심코 그쪽을 바라봤다가 온몸이 굳어버렸다. 허준 역시 백석의 시선을 따라갔다가 상대방을 발견하고 그대로 멈췄다. 그리고 서둘러 백석에게 말했다.

"여기서는 참게. 보는 눈이 많아."

"내가 오늘 오는 줄 알고 있었어? 저자도?"

"그럼, 신문사에 자네가 돌아오는 걸 모르는 사람이 어디 있겠어?"

둘이 얘기 나누는 걸 본 상대방은 조용히 사람들 틈으로 사라졌다. 항상 바쁘게 움직이는 사람들로 북적거리는 신문사에서 그는 쉽게 자취를 감췄지만, 백석에게 그의 모습은 잔상처럼 오래오래 남았다. 허준이 분위기를 바꾸려는 듯 서둘러 입을 열었다.

"자자, 인사했으니 이제 회의합시다. 〈여성〉지 다음 호 일정이 촉박해요."

허준이 분위기를 잡자 〈여성〉의 편집을 맡은 사람들이 모두 자리에 앉았다. 간단하게 인사하고 바로 회의를 시작했다. 백석 맞은편에 앉은 노천명이 입을 열었다.

"먼저 고양이 목에 방울을 거는 일부터 해야죠."

"어떤 고양이?"

백석의 물음에 노천명이 조심스럽게 대답했다.

"며칠 전 함흥에서 처녀가 칼에 찔렸어요. 한 청년이 자기 사랑을 받아주지 않는다는 이유로 벌인 일이에요."

"사랑하는 여인을 칼로 찔렀다고?"

"사랑한 게 아니라 일방적으로 쫓아다녔던 거래요."

노천명의 설명을 들은 백석은 문득 박경련이 떠올랐다. 자신도 그녀의 감정에 상관없이 좋아한다고 말하고 청혼하려 하지 않았나. 하지만 거절당했다고 폭력을 행사할 생각은 추호도 하지 않았다. 백석에게는 이해하기 힘든 사건이었고, 회의에 참석한 사람들도 마찬가지인 눈치였다. 그렇다면 이 사건은 잡지에 들어갈 만한 소재가 된다는 뜻이었다. 충격에서 벗어난 백석 역시 그렇게 생각했다. 하지만 의문점도 생겼다.

"그런데 왜 고양이 목에 방울을 다는 걸로 비유한 거야?"

백석의 질문을 받은 노천명이 잠깐 고민하다가 입을 열었다.

"그 여인이 바로 한설야 작가님 큰 따님이시래요."

"뭐라고?"

놀란 백석은 입을 다물지 못했다. 본명인 한병도보다 필명인 한설야로 더 잘 알려진 그는 문단의 거두였다. 백석보다는 열두 살이 많고, 누구보다 파란만장한 인생을 살았다. 함흥의 부유한 명문가에서 태어나 3·1 만세 운동에 가담했다가 감옥에 갇히기도 했고, 학교에 다니면서 동맹휴학을 주도했다가 쫓겨나기도 했다. 중국과 일본으로 유학을 다녀왔고, 그 무렵 시를 발표하면서 본격적인 작가 활동도 시작했다. 카프에 가입해 맹렬하게 활동했으며, 백석보다 조금 일찍 신문사에 입사해 간도 특파원으로 일하기도 했다. 카프와 관련해서 일본의 탄압을 받았고, 감옥에 들어갔다가 출옥한 후에는 고향으로 돌아가 사업을 하면서 창작 활동도 병행하고 있었다. 백석은 동향의 문학가이자 항일운동가인 그를 진심으로 존경했고, 몇 번 만난 적도 있었다. 어안이 벙벙해진 백석이 가까스로 정신을 차리고 노천명에게 물었다.

"그 일을 쓰려면 한설야 선생님에게 허락받아야겠군."

"맞아요. 그런데 쉽게 허락해 주겠어요? 눈에 넣어도 아프지 않을 큰딸이 죽을 뻔한 건데 말이죠. 거기다……."

작게 한숨을 쉰 노천명이 말을 이어갔다.

"이런 일이 생기면 여자한테도 문제가 있는 것 아니냐는 시선이 많아서요."

노천명의 말이 사실이라서 백석은 더 우울해졌다. 시대는 변했지만, 여전히 혼인은 집안끼리 정한 뒤 맺었다. 그래서 사랑하지 않는 사람, 심지어 얼굴 한번 보지 못한 사람과 혼인하기도 했다. 신식 문화의 자유로움을 만끽하고, 유학을 다녀온 신세대로서는 견딜 수 없는 일이었다. 그래서 윤심덕처럼 사랑하는 사람과 함께 자살하는 정사 사건도 종종 벌어졌고, 집안이 맺어준 여인과 억지로 혼인한 뒤 따로 사랑하는 사람과 만나 사는 일도 빈번하게 일어났다. 또한 이런 문제가 생기면 아무 잘못이 없는 희생자라고 해도 여성이 손가락질받는 경우가 많았다. 백석이 눈살을 찌푸리며 얘기했다.

"한설야 선생님도 그걸 모를 리가 없을 것이고 말이야."

정현웅은 아무 말 없이 노트에 연필로 그림을 그리고 있었다. 팔짱을 낀 채 듣고 있던 허준이 입을 열었다.

"아무래도 안 될 것 같으니까 포기하고 다른 걸 찾자."

다들 수긍하는 분위기였지만 백석은 고개를 가로저었다.

"내가 편지를 한번 써볼게."

"백석 씨가요?"

노천명의 반문에 백석이 한숨을 쉬며 손깍지를 끼웠다.

"따님이 아무 잘못도 없이 흉기에 찔려서 사경을 헤매게 되었는데 아버지가 어찌 할 말이 없겠어? 여성지는 주로 여성들이 보는 잡지니까 그 심경을 누구보다 잘 알 거야."

백석의 얘기를 들은 허준이 걱정스러운 말투로 끼어들었다.

"괜찮겠어? 둘이 아는 사이인 건 맞지만 말이야."

"여성들만이 아니라, 딸이나 오누이를 둔 사람들도 이번 일에 큰 충격을 받았을 거야. 그들에게 들려줄 얘기를 해달라고 부탁하면 심사숙고하실 분이야. 내가 오늘 편지를 써볼게. 답장이 반드시 올 거야. 그리고 한설야 선생님의 친구분에게 이번 사건을 비판하는 글을 써달라고 해볼게."

"적당한 사람이 있을까요?"

노천명의 물음에 잠시 생각하던 백석이 입을 열었다.

"한효 정도면 될 거야. 카프에서 같이 활동했던 적이 있잖아. 같은 함경도 사람이고 말이야."

노천명이 수긍한다는 듯 고개를 끄덕거렸다. 그 후로도 회의는 몇 시간 동안 이어졌다. 백석은 자신이 편집을 책임지는 사월 호부터 성과를 내려고 욕심을 부렸다. 퇴근 시간이 될 때까지 이어진 회의가 끝나고 하나둘씩 자리를 뜨는데, 백석이 서랍에서 편지지를 꺼냈다. 그걸 본 허준이 말했다.

"어차피 우편국도 문을 닫았을 텐데 내일 쓰지 그래?"

"안 되지."

만년필을 만지작거리던 백석이 대답했다.

"있다가 자네랑 술을 진탕 마실 거니까 오늘 써놔야지. 내일은 해장국부터 찾을 테니까."

"하여간."

허준이 낄낄거렸고, 여전히 자리에 남아 있던 정현웅이 불쑥 백석에게 종이를 내밀었다.

백석이 그림을 보고는 감탄하며 말했다.

"오! 잘 그렸네."

정현웅이 보여준 그림은 회의하는 백석의 옆모습을 그린 것이었다. 거칠게 그렸지만, 백석의 특징이라고 할 수 있는 헤어스타일과 오뚝한 코, 그리고 초롱초롱한 눈망울을 잘 묘사했다. 백석이 흡족한 표정을 짓자 정현웅이 서글서글한 웃음을 지었다.

"만족한다니 다행이야. 미스터 백석."

한바탕 크게 웃은 백석이 심호흡하고 만년필을 손에 쥐었다. 그리고 잠깐 생각하고는 편지를 쓰기 시작했다. 삽시간에 진지해진 백석을 본 허준은 조용히 앉아서 자기 할 일을 했다.

해가 뉘엿뉘엿 저물 무렵에야 밖으로 나온 백석은 참았던 한숨을 내쉬었다. 뒤따라 나온 허준이 주변을 돌아보며 말했다.

"어디 가서 저녁을 먹을까?"

"요즘은 어디가 괜찮아?"

"분위기가 요즘은 다들 어정쩡해."

잠깐 생각하던 허준이 백석을 바라봤다.

"재작년에 새로 오픈한 화신백화점 식당은 어때? 거기 신선로가 나쁘지 않아."

"그럴까? 걸어갈까? 아니면 전차를 탈까?"

둘이 얘기를 주고받는데 길 건너편 신문사에서 누군가 나왔다. 마치 불길한 그림자를 본 것처럼 얼굴을 찡그린 허준이 백석의 어깨를 잡았다.

"무슨 생각으로 뻔뻔하게 낯짝을 자꾸 들이미는지 모르겠군. 어서 가세."

둘은 화신백화점까지 걷기로 했다. 쌀쌀한 바람이 불었지만 개의치 않고 코트의 깃을 올린 채 묵묵히 걸었다. 광화문통과 태평통이 마주 보는 사거리에서 오른쪽으로 방향을 탄 두 사람의 곁을 입김을 펄펄 내뿜는 인력거꾼이 스쳐 지나갔다. 말없이 걷던 백석의 눈에 멀리 새로 지은 화신백화점이 보였다. 백석이 백화점을 바라보자 허준이 물었다.

"처음 본 건 아니잖아?"

"그렇긴 하지. 작년에 학생들이랑 왔을 때도 봤으니까. 그런데 안에 들어가 본 적은 없어. 높이가 어마어마하군."

"육 층이잖아. 이전 모습이랑은 비교하기가 어렵지. 어떻게 보면 건물이 불탄 게 전화위복인 것 같아. 저렇게 번드르르하게 새로 지었잖아. 경성에서 제일 높은 건물일걸 아마."

콘크리트로 만든 화신백화점에는 아치형의 작은 창문이 다닥다닥 달려 있었다. 육 층 옥상에는 커다란 전광판이 있어서 각종 뉴스나 광고가 번갈아 나왔다. 건물의 높이며 크기가 주변 건물은 물론 경성의 다른 일본 백화점인 미쓰코시, 조지야,

미나카이에 뒤지지 않았다. 무엇보다 일본인들이나 지을 수 있다고 생각하던 현대식 고층 건물을 조선인이 짓고 소유했으니 지금 시대에 비춰 특이하고 대단한 일이 아닐 수 없었다. 그걸 본 백석이 조용히 중얼거렸다.

"가히 조선 사람들의 자존심으로 불릴 만하군."

"맞아. 화신 측도 그걸 잘 알고 있어서 적극적으로 이용하려고 들지."

화신백화점을 바라보면서 걸어가던 백석의 눈에 낯선 간판이 보였다. 길가의 한옥 지붕 위에 파란색 페인트로 거칠게 쓴 글씨가 눈에 띈 것이다.

"종로 용달사? 저긴 뭘 파는 곳인가?"

백석의 물음에 허준이 피식 웃었다.

"파는 게 아니라 전달해 주는 곳일세. 요즘 경성 곳곳에 생겨나서 성업 중이야."

"편지라면 우편을 쓰면 되는 거고, 물건은 직접 가져다주면 되잖아."

여전히 이해가 가지 않는다는 백석의 물음에 허준이 손가락을 까닥거렸다.

"특별하게 전달하고 싶은 편지가 있겠지. 연서라든지, 밀서 같은 거 말이야. 그게 아니면 전언을 전달해 달라고 고용하기도 한다더라고."

"조선시대도 아니고 무슨."

"의외로 찾는 사람들이 많다고 그러네. 그리고 특별하게 건네줄 선물이나 물품 같은 것을 보낼 때 이용하고 말이야."

새로 생긴 업종에 관해서 얘기를 주고받으며 둘이 걷다가 종각 앞에 멈췄다. 종각 앞에는 '화신 앞'이라는 이름이 붙은 전차 정거장이 있어서 탑승객들로 북적거렸다. 두 사람은 잠시 기다렸다 사람들이 줄어든 틈에 길을 건너 화신백화점 안으로 들어갔다. 용수철이 있는 현관문은 안으로 들어갔다가 제자리로 돌아왔다. 일 층에 들어서자 은은한 화장품 향이 풍겨왔다. 입구 주변에는 여행사와 상품권 판매소, 화장품 판매소가 있었다. 여행사 앞에는 기차표를 사려는지 한 무리의 사람들이 모여 있었다. 화장품 가게에서는 한복을 입은 여성 판매원이 모녀로 보이는 손님에게 열심히 화장품을 설명하고 있었다.

"어머니. 이 제품은 일본에서 온 왜분입니다. 박가분*처럼 납이 들어 있지 않아서 마음껏 바르셔도 됩니다."

"진짜요?"

어머니가 걱정스러워하자 여자 판매원은 직접 자기 얼굴에 분을 바르는 모습을 보여줬다. 그 옆에는 담배와 파이프를 판매하는 상점이 있었다. 셔츠에 조끼를 입은 남자 판매원이 가운데가 볼록 솟아서 중산모라고 부르는 모자를 쓴 노인에게 열심히 해포석 파이프에 관하여 설명하고 있었다. 창문이 적은 편이라서 어두컴컴할 줄 알았는데, 백열등이 곳곳에 켜 있어서 상품이 아주 잘 보였다. 백석과 허준은 그들을 지나쳐 중앙에 있는 엘리베이터로 향했다. 검정 유니폼을 입고 잡담을 나누던 엘리베이터 걸이 다가오는 두 사람을 보고는 황급히 두 손을 모은 채 공손히 인사했다.

"화신백화점에 오신 걸 환영합니다. 몇 층으로 가시나요?"

"오 층 화신 대식당."

---

* 박가분은 박승직(1864~1950)이 1920년에 만들어 판매한 화장품이다. 피부를 하얗게 만들어주어 큰 인기를 끌었으나 납을 사용했기 때문에 문제를 일으켰고, 결국 1930년대 후반 판매를 중단했다.

짧게 대답한 허준에게 잠시만 기다리라고 말한 엘리베이터 걸이 엘리베이터의 검정 문을 열었다. 둘이 안으로 들어가고 엘리베이터 걸이 문을 닫으려다가 멈칫했다.

"어서 오십시오."

엘리베이터 안으로 들어온 손님을 본 허준이 눈살을 찌푸렸다. 백석 역시 불편했지만, 내색하지 않았다. 아무것도 모르는 엘리베이터 걸은 문을 닫고 오 층 버튼을 눌렀다. 엘리베이터는 곧바로 올라갔다. 불편한 심기를 드러내며 헛기침한 허준이 날 선 말투로 물었다.

"거, 어디까지 따라오려고 그러나? 처남."

고개를 슬쩍 돌린 신현중이 대답했다.

"매부랑 한잔하려고, 친구랑도."

"친구는 무슨, 얼어 죽을."

허준이 구석에서 구시렁거렸지만, 신현중은 들은 척도 하지 않았다. 그사이 엘리베이터는 오 층에 도착했다. 문이 열리고 먼저 내린 엘리베이터 걸이 옆으로 비켜섰다. 가볍게 인사하고 내린 백석과 허준은 사진기와 안경을 파는 매장 너머에 있는 식당 간판을 보고는 그쪽으로 향했다. 신현중 역시 묵묵히 뒤를 따랐다. 식당 앞에는 유리로 된 진열장이 있고 음식들이 놓여 있었다. 그 앞에 음식의 이름과 번호, 그리고 가격이 적혀 있었다. 허준이 뒤따라오는 신현중을 무시한 채 백석에게 물었다.

"뭐 먹을래?"

이리저리 살펴보던 백석이 말했다.

"신선로 백반. 맥주도 한잔할까?"

고개를 끄덕거린 허준이 유리 진열장 뒤에 서 있는 여자 종업원을 쳐다봤다. 아래층에서는 한복 차림이었지만 여기 종업원은 엘리베이터 걸처럼 검정 유니폼에 하얀 앞치마를 두르고 있었다. 허준이 신선로 백반 두 개와 크라운 맥주 한 병을 주문했다. 돈을 받은 종업원이 종이로 된 식권을 건넸다.

"앉아 계시면 종업원이 주문받으러 올 겁니다."

식권을 건네받은 허준은 안으로 들어가서 이리저리 둘러봤다. 마침 창가에 빈자리가 생긴 것을 보고는 그쪽으로 가서 앉았다. 백석이 그 맞은편에 앉자 잠시 후 다른 종업원이 다가왔다. 허준이 식권을 건네자 종업원은 잠시만 기다려달라는 말을 하고는 주방 쪽으로 걸어갔다. 의자에 앉은 백석은 하얀색 테이블보가 깔린 식탁을 보면서 중얼거렸다.

"깔끔하군."

창밖을 바라보던 허준이 대답했다.

"그럼, 조선인들이 조선 음식을 가장 비싸게 먹는 곳이니까. 여기서 가장 인기 있는 메뉴가 뭔 줄 알아?"

백석이 고개를 젓자 허준이 대답했다.

"조선 런치일세. 참, 허세스러운 이름 아닌가?"

"여기 와본 적이 없어서 처음 들어봤네. 점심 메뉴란 뜻인 가?"

"밥이랑 김치, 나물 몇 가지, 그리고 탕이나 국, 생선구이 중 한두 개를 선택할 수 있지."

"아, 나름 머리를 썼군."

"지금이야 덜 붐비지만 새로 오픈했을 때는 아래층까지 줄을 설 정도로 사람이 많았어."

허준의 얘기를 들으며 백석은 창밖을 바라봤다. 해가 저물어 가는 종로 거리가 내려다보였다. 그림자로 변한 사람들을 물끄러미 바라보던 백석이 중얼거렸다.

"조선 사람들이 그림자처럼 사라지는 건 아니겠지?"

뜬금없는 백석의 발언에 허준 역시 심각한 표정으로 대답했다.

"돌아가는 꼴을 보면 그럴 수도 있어."

백석이 바라보자 허준이 입을 열려고 하다가 종업원이 다가오자 슬쩍 눈치를 봤다. 종업원이 맥주 먼저 가져왔다면서 커다란 맥주와 유리잔 두 개를 놓고 사라졌다. 맥주를 따서 잔에 따른 허준이 다시 입을 열었다.

"미나미 지로 총독이 부임하고 나서 노골적으로 조선을 탄압하려는 움직임이 보여. 3·1 만세 운동의 여파로 문화정치를 표방했지만, 이제 더는 눈치 볼 필요가 없어지니까 본색을 드러내는 것이지."

사실 백석이 영생고등보통학교를 그만둔 것도 나날이 심해지는 일본의 간섭 때문이었다. 적극적으로 저항하지는 못했지만, 일본이 내심 싫었던 백석으로서는 차라리 신문사에 돌아가는 게 간섭을 덜 받겠다고 생각한 것이다. 하지만 경성의 분위기를 보고 허준의 애기를 들어보니 여기도 비슷한 것 같았다. 백석이 암울한 표정을 짓자 허준이 술이나 마시자면서 백석의 잔에 맥주를 채웠다. 거품이 찰랑거리는 맥주를 한 모금 마신 백석에게 허준이 암울한 표정으로 말했다.

"작년 여름 수양동우회 회원 마흔두 명이 재판에 기소됐고, 안창호 선생이 심한 고문을 받은 뒤 병보석으로 풀려났다가 돌아가셨어. 그걸 본 이광수 같은 놈들이 일본에 손을 들면서 전향해 버렸지. 우리 입사했을 때 만났던 주요한 편집국장 기억하지?"

맥주가 담긴 유리잔을 손에 든 백석이 고개를 끄덕거리자 허준이 한숨을 내쉬었다.

"참, 대쪽 같은 양반이었는데 말이야. 카프에서 맹활약했던 박영희도 작년에 일본 다녀오더니 사람이 변했어."

"고문과 회유를 당하니 그들도 어쩔 수 없었겠지. 나도 자신이 없긴 해."

백석이 말끝을 흐리자 허준이 쓴웃음을 지었다.

"흥업구락부도 비슷한 길을 걸었지. 윤치호랑 장덕수 같은 인물들이 체포되었고, 수양동우회처럼 해산되었어. 지식인들을 모조리 때려잡아서 반항의 싹 자체를 잘라버리려는 속셈인가 봐. 그렇게 자기편을 만들어서 민중을 조종하려고 하는 것이고 말이야."

허준의 얘기를 들은 백석은 가슴속이 싸늘해지는 것을 느꼈다. 분명 차가운 맥주를 마셨기 때문만은 아니었다. 허준의 얘기가 이어졌다.

"중국과의 전쟁이 길어지고 아메리카랑 사이가 험악해지니까 방공호를 만들라 하고, 방공훈련을 하면서 분위기를 몰아가고 있어."

"중국하고 전쟁하고 있는데 또 전쟁을 한다고?"

"미친놈들이라 자기 분수를 모르는 거지. 중국도 제대로 제압하지 못하면서 말이야."

한숨을 푹 쉰 허준이 무심코 고개를 돌렸다가 놀란 표정을 지었다. 신현중이 불쑥 허준의 옆자리에 앉아버린 것이다. 그리고 지나가는 종업원에게 식권을 내밀었다.

"여기로 가져다줘."

종업원이 사라지자 허준이 신현중을 바라봤다.

"다른 데로 가지. 자리도 많은데."

그리고 백석을 힐끔 보고는 덧붙였다.

"아니면 집에 가서 부인이랑 저녁이나 먹든가."

대답을 웃음으로 대신한 신현중이 서글픈 표정으로 두 사람을 바라봤다. 박경련에 대한 마음을 이미 털어낸 백석은 신현중에게 안쓰러운 마음이 들었다. 잠시 후, 주문한 신선로 백반이 나왔다. 가운데에는 황동으로 만든 신선로가 놓였고, 반찬들이 그 옆에 놓였다. 반찬 그릇은 수복이라는 글씨가 금색으로 적힌 뚜껑으로 덮혀 있었다. 밥도 마찬가지로 뚜껑이 있는 그릇에 나와서 고급스러움을 자랑했다. 뚜껑을 연 백석이 젓가락으로 밥을 먹고 나물 반찬을 먹었다. 잠시 후, 신현중이 시킨 전골 백반과 맥주가 왔다. 백석과 허준은 말없이 식사만 했고, 신현중 쪽은 쳐다보지도 않았다. 혼자서 맥주를 따른 신현중이 지나가는 말처럼 얘기했다.

"올여름까지만 다닐 거야. 신문사 말이야."

그 얘기를 들은 허준이 톡 쏘아붙였다.

"다니든가 말든가."

"미나미 지로 총독이 창씨개명 정책을 취한다는 소문이 돌고 있어."

신현중의 얘기에 두 사람은 식사를 멈췄다. 허준이 놀란 표정으로 신현중을 바라봤다.

"성을 간다고?"

고개를 끄덕거린 신현중이 맥주를 벌컥벌컥 마셨다. 그리고 입가에 묻은 거품을 손등으로 닦은 후에 입을 열었다.

"조선을 일본에 흡수하는 내선일체 정책의 핵심은 결국 조선을 지우는 거잖아. 어찌 보면 당연한 일이지."

"세상에 아무리 그래도 그렇지. 어떻게 부모님이 물려주신 성을 바꿔."

허준이 격한 목소리로 말하자 신현중이 주변을 돌아보며 조용히 얘기하라는 눈짓을 했다.

"웃긴 일이지. 이전에는 조선 사람들이 일본식 이름을 지으려고 하면 감히 일본인 흉내를 낸다고 거부했으면서 말이야. 지금도 싫어하는 일본인들이 많을 거야. 성과 이름이 일본인과 똑같아지면 조선인들이 기어오른다고 생각할 테니까."

둘이 입을 다물자 신현중이 차분하게 말을 이어갔다.

"신문사도 곧 문을 닫게 될 거야. 학교에서 조선어도 못 가르치게 하는데 조선어 신문을 놔두겠어?"

신현중의 얘기를 듣던 백석은 마른침을 삼켰다. 조선 사람으로서 한글로 된 시를 발표하는 것은 큰 기쁨이자 특권이라고 생각해 왔다. 그런데 그것조차 마음대로 할 수 없게 된다면 어디에서 삶의 목적을 찾아야 할지 난감했다. 그런 백석을 바라보던 신현중이 말했다.

"멀리 떠나. 시인으로 살아남고 싶다면."

듣고 있던 허준이 끼어들었다.

"오늘 다시 돌아온 사람한테 무슨 헛소리야?"

허준을 바라본 신현중이 말했다.

"아까 들어보니까 수양동우회와 흥업구락부 얘기를 하던데 말이야. 그런 일이 앞으로 우리에게도 벌어질 수 있어. 그러면 전향한 사람들을 아까처럼 마음 놓고 욕할 수는 없을 거야."

신현중의 따끔한 얘기에 허준이 뭐라고 말하려다가 입을 다물었다. 듣고 있던 백석이 물었다.

"함흥에서 여기로 온 건 일본의 간섭이 싫어서야. 그런데 여기서도 버틸 수 없다면 어디로 가야 한단 말이야?"

"고향에 돌아가서 칩거해. 펜을 놓고 조용히 사는 거지."

잠시 주저하던 신현중이 덧붙였다.

"낭산 김준연 선생께서 일장기 말소 사건으로 동아일보에서 물러난 이후에 쭉 경기도 연천의 해동 농장에 머물고 계셔."

"우리도 그렇게 살라고?"

백석의 물음에 신현중이 짙은 눈빛으로 고개를 끄덕거렸다.

"나는 아내의 고향인 통영으로 내려갈 거야. 내 몸이 부서지지 않고 내 의지를 지키는 유일한 길이지."

신현중의 얘기를 들은 허준이 혀를 찼다.

"우리한테 때가 되면 지하신문을 만들겠다고 준비한 걸 보여준 게 엊그제 같은 데 그런 용기는 어디로 간 거야?"

"내가 지금 겁이 나서 이러는 줄 알아? 지하신문이나 유인물은 마음만 먹으면 내일이라도 할 수 있어. 하지만 지금은 뜻을 굽히지 않고 살아남는 게 우선이지. 아까 얘기했잖아. 이제 우리 성씨를 일본식으로 바꾼대. 거기다 우리말을 못 쓰면 우리는 조선인일까? 아니면 조선인의 탈을 쓴 일본인일까?"

신현중의 물음은 두 사람의 가슴을 아프게 찔렀다. 두 사람이 아무 대답도 하지 못하자 신현중은 조용히 맥주를 유리잔에 따랐다. 그러자 이번에는 세 명이 같이 잔을 들어서 부딪쳤다. 답답한 마음을 달래기 위해서는 술을 마시는 수밖에는 없었기 때문이다. 맥주를 꿀꺽꿀꺽 마신 신현중이 조용히 입을 열었다.

거리는 장날이다

장날 거리에 영감들이 지나간다

영감들은

말상을 하였다 범상을 하였다 족제비상을 하였다

개발코를 하였다 안장코를 하였다 질병코를 하였다

그 코에 모두 학실을 썼다

돌체 돋보기다 대모체 돋보기다 로이도 돋보기다

영감들은 유리창 같은 눈을 번득거리며

투박한 북관(北關)말을 떠들어 대며

쇠리쇠리한 저녁해 속에

사나운 짐승같이들 사라졌다

백석의 시를 조용히 읊은 신현중이 머쓱한 표정을 지었다.

"작년 〈삼천리문학〉 이 호에 실린 자네의 시 중에서 〈석양〉

이 가장 좋더군. 물론 〈고향〉이나 〈절망〉도 나쁘지 않았지만 말이야."

신현중의 얘기에 백석은 가볍게 웃으며 대답했다.

"고마워."

"미안하네."

잠깐 감정을 추스른 신현중이 백석을 바라봤다.

"내 사랑에는 후회가 없지만, 친구의 우정을 저버린 것은 평생 후회해도 모자라지 않아."

"사랑이란 게 그런 거지. 잠깐이나마 자네를 미워한 것을 용서하게."

둘의 얘기를 듣던 허준이 맥주가 남은 유리잔을 내밀었다.

"이렇게 화해하는 건가? 어서 잔이나 채워주게."

신현중이 맥주병을 들고 따라준 다음에 지나가는 종업원에게 한 병 더 가져다 달라고 했다.

며칠 후, 신문사로 출근한 백석은 책상에 전보 한 통이 놓여 있는 걸 발견했다. 전보를 든 백석의 표정을 본 허준이 물었다.

"무슨 내용인데 그렇게 표정이 밝아진 거야?"

"함흥의 한설야 선생님께서 보낸 전보야."

백석이 전보를 건네자 받아 든 허준이 한 글자씩 읽었다.

"내가 붓을 가진 것을 행으로 여깁니다."

허준이 고개를 들어서 백석을 바라봤다.

"다행이라고 여긴다는 뜻이니 승낙한 것이군."

떠나는 사람들

신현중은 1939년 여름에 접어들면서 신문사에 사표를 냈다. 그리고 사람들에게 신문사에 남아 있으면 나중에 곤란한 일을 겪을 것이라는 경고를 남겼다. 다시 친해진 세 사람은 신현중의 마지막을 배웅했다. 신문사에서 마지막으로 간단한 인사를 마친 신현중이 나오고 백석과 허준이 따라 나왔다. 나오자마자 담배를 문 허준이 두 사람에게 물었다.

"날이 아직 화창하네. 어디로 갈까? 환대상점에 가서 맥주와 빙수 한 그릇 할까?"

허준의 물음에 백석은 말없이 고개를 끄덕거렸다. 한시라도 빨리 신문사에서 멀어지고 싶었기 때문이다. 몇 년 전과는 달리 신문사의 분위기는 매우 무거웠다. 중국과의 전쟁 뉴스부터 시작해 숨통을 옥죄는 소식들만 전하기 때문인데 웃음까지 사라져 버려서 더욱더 그러했다. 셋은 나란히 종로를 향해 걸었다. 그러다가 경성부청 앞 광장에서 약속이나 한 듯 발걸음을 멈췄다. 앞장선 허준이 중절모를 살짝 치켜들면서 중얼거렸다.

"뭐 하는 거야, 저게?"

담배를 꺼내서 입에 문 신현중이 말했다.

"어제부터 개최된 방공 전람회 야외 전시인 모양이네."

"방공 전람회?"

백석의 물음에 신현중이 무겁게 대답했다.

"공습에 대비해서 만들어야 하는 방공호 모형이랑 실물을 보여주는 모양이야. 전쟁이 다가오고 있으니까 끽소리도 하지 말라는 거지."

전차가 종소리를 내면서 지나가고, 셋은 거리를 건너갔다. 아이의 손을 잡은 부모들이 모여드는 게 보였다. 가까이 다가가자 신현중의 말대로 방공호를 재현한 것이 보였고, 옆에는 작은 모형이 보였다. 군복을 입고 각반을 찬 병사가 삽을 들고 땅을 파는 시범을 보이는 가운데 작은 일장기를 든 일본인 아이가 활짝 웃으며 손뼉을 쳤다. 착잡한 표정으로 지켜보던 세 사람은 경성부청 앞을 지나갔다. 한쪽에는 고사포와 고사기관총, 한밤중 하늘에 떠 있는 비행기를 찾는 전광등, 그리고 커다란 나팔같이 생긴 게 보였다. 갓을 쓴 노인이 그 앞에서 고개를 갸웃거리며 살펴보자, 옆에 있던 청년이 친절하게 설명해 줬다.

"할아버지, 이건 청음기라는 겁니다."

"청음기? 축음기 같은 거야?"

"아뇨, 하늘에서 쳐들어오는 적의 비행기 프로펠러 소리를 듣는 겁니다. 높이 있는 비행기 소리를 들어야 해서 이렇게 큰 겁니다."

"아, 그렇구나. 어떻게 하늘 높이 떠 있는 비행기 소리를 들을 수 있는 건데?"

"어르신, 대일본제국은 못 만드는 게 없습니다. 오만한 구라파 놈들의 콧대를 꺾고도 남습니다."

그 모습을 본 세 사람은 쓴웃음을 지었다. 경성부청을 지나자 멀리 조선총독부 청사가 유령처럼 보였다. 신현중이 담배 연기를 내뿜으면서 말했다.

"셋이 저길 보는 것도 오랜만이군."

신현중의 얘기를 들은 허준이 호기롭게 말했다.

"예전처럼 저기나 가볼까?"

셋은 천천히 총독부 쪽으로 걸어갔다. 삭막하고 황량한 광화문통은 사람을 가득 태운 전차가 말없이 오갈 뿐이었다. 갈 수 있는 곳까지 다가간 세 사람은 말없이 조선총독부 청사를 올려다봤다. 신현중이 마지막 담배 한 모금을 길게 빨아들이고는 허공을 향해 연기를 내뿜었다.

"할 수만 있다면 밀어내 버리고 싶어."

"그럴 날이 올까?"

백석의 물음에 신현중이 쓴웃음을 지었다.

"이제 본격적으로 창씨개명 정책을 시작하면, 조선어를 못 쓰게 할 거야."

신현중의 얘기를 들은 백석이 중얼거렸다.

"이름도 잃고 말과 글을 잃으면 다음은 무엇이지?"

잠시 생각하던 신현중이 대답했다.

"아마 전쟁터에 끌고 가겠지. 지원병제도를 징집제로 바꿔서 말이야."

"우리한테 총을 쥐어주려고 할까?"

허준이 믿기지 않는다는 듯 말하자 신현중이 고개를 저었다.

"중국과의 전쟁에서 이기고는 있지만 사상자가 많이 발생하나 봐. 거기다 소련을 막기 위해 만주의 관동군도 필요하고, 구라파 전쟁에 끼어들려면 총알받이가 많이 필요할 거야."

신현중의 얘기를 들은 백석이 잠깐 침묵을 지키다가 입을 열었다.

"끔찍한 세상이로군."

"이겨내야지. 그래야 이 끔찍한 세상이 어떻게 시작되었는지를 후대에 알려줄 수 있지 않겠어?"

"우리가 살아남아서 증언할 수 있을까?"

조용히 듣고 있던 허준이 백석의 물음에 대답하는 대신 그가 지은 〈나와 나타샤와 흰 당나귀〉를 읊었다.

가난한 내가

아름다운 나타샤를 사랑해서

오늘 밤은 푹푹 눈이 나린다

허준을 바라본 신현중이 웃으며 다음 구절을 읊었다.

나타샤를 사랑은 하고

눈은 푹푹 날리고

나는 혼자 쓸쓸히 앉아 소주를 마신다

소주를 마시며 생각한다.

나타샤와 나는

눈이 푹푹 쌓이는 밤 힌 당나귀 타고

산골로 가자 출출이 우는 깊은 산골로 가 마가리에 살자

두 친구가 자신의 시를 읊어주자 백석은 다음 구절을 이어서 읊었다.

눈은 푹푹 나리고

나는 나타샤를 생각하고

나타샤가 아니 올 리 없다

언제 벌써 내 속에 고조곤히 와 이야기한다

산골로 가는 것은 세상한테 지는 것이 아니다

세상 같은 건 더러워 버리는 것이다

세 사람이 차례대로 읊은 〈나와 나타샤와 흰 당나귀〉는 세상 속으로 흩어졌다. 그때, 옆을 지나가던 헌팅캡을 쓴 한 청년이 불쑥 마지막 구절을 읊었다.

눈은 푹푹 나리고

아름다운 나타샤는 나를 사랑하고

어데서 흰 당나귀도 오늘 밤이 좋아서 응앙응앙 울을 것이다

놀란 세 사람에게 청년이 웃으며 말했다.

"정말 좋은 시 아닙니까?"

청년은 아마 세 명 중에 이 시를 쓴 백석이 있는 줄은 모르는 것 같았다. 백석은 웃으며 대답했다.

"그러게요."

"백석이라는 시인의 시가 참 좋더라고요."

잠깐 얘기를 나눈 청년이 사라지자 다시 셋만 남았다. 셋은 말없이 총독부를 올려다봤다. 그리고 잠시 후 백석이 말했다.

"나도 곧 떠나야겠어. 숨 쉬면서 살고 싶어."

갑작스러운 백석의 얘기에 나머지 둘이 거의 동시에 바라봤

다. 허준이 물었다.

"어디로? 고향으로?"

"거기서 못 견뎌서 여기로 왔는데 다시 돌아갈 수는 없지."

"그럼?"

신현중의 물음에 백석이 대답했다.

"만주로 가볼까 생각 중이야?"

"만주? 거기도 왜놈들 땅이잖아."

"그렇긴 해도 새로 차지했잖아. 여기도 식민지로 만들고 삼십 년 정도 지나서야 내선일체 정책을 시작했으니까 만주도 그 정도 걸리지 않겠어? 그사이에 세상이 변하든지 아니면 내가 이 세상 사람이 아니겠지."

차분하게 얘기한 백석이 조선총독부 청사를 올려다보면서 덧붙였다.

"징그러운 저놈도 없어질지 모르고 말이야."

며칠 후, 백석도 신문사에 사표를 냈다. 노천명은 이제 겨우 몇 달밖에 못 봤는데 또 그만두느냐고 눈이 퉁퉁 부을 정도로 울었다. 하지만 백석은 예의 바르게 미안하다고 말하고 자리를 정리했다. 신문사도 당장 내일의 운명을 모르는 상황이라 아무도 백석에게 남아 있어 달라고 말하지 못했다. 짐 정리를 마친 백석은 말없이 앉아 있던 정현웅과 인사를 나눴다. 그리고 허준에게 수첩 하나를 건넸다.* 허준이 수첩을 물끄러미 바라보자 백석이 말했다.

"시를 몇 편 써놨어. 혹시 세상이 바뀌면 자네가 대신 발표해주게."

"바뀐 세상에서 자네가 발표하지 그래?"

"네가 사고 칠까 해서 맡겨놓는 거야. 사고 치지 말고 끝까지 버텨. 이 시절을 기억하는 사람이 있어야 다시는 이런 시절을 겪지 않을 거 아니야."

의미심장한 눈빛으로 허준을 바라보던 백석이 어깨를 가볍게 쳤다. 마침 신문사 밖에 미리 전화로 부른 택시가 도착했는지 클랙슨 소리가 들렸다. 백석은 잘 있으라는 말을 남기고 계단을 내려갔다. 우두커니 앉아 있던 허준이 중얼거렸다.

---

* 백석이 허준에게 맡긴 시들은 광복 후에 발표되었다. 〈산〉은 1947년 11월 《새한민보》 통권 14호에, 〈적막강산〉은 같은 해 잡지 〈신천지〉의 12월 호에 실렸다. 〈마을은 맨천 귀신이 돼서〉는 1948년 〈신세대〉 5월 호에 실렸다.

"다 흩어지는군."

신문사 현관문이 열리는 소리가 들리자 허준은 얼른 일어나서 창가로 다가갔다. 창문 너머로 백석이 탄 택시가 떠나는 게 보였다. 경성역 방향으로 가는 택시를 물끄러미 바라보던 허준은 건네받은 수첩을 펼쳤다. 그리고 수첩에 적힌 시의 제목을 하나씩 읽었다.

"산, 적막강산, 마을은 맨천 구신이 돼서."

시를 하나씩 천천히 읽은 허준은 마지막에 백석이 덧붙인 글을 읽었다.

"좋은 세상에서 다시 만나세."

눈물을 글썽거린 허준이 주체할 수 없는 슬픔을 이겨내기 위해 수첩에 적혀 있는 시 중 하나인 〈적막강산〉을 천천히 읽었다.

오이밭에 벌배채 통이 지는 때는

산에 오면 산 소리

벌로 오면 벌 소리

산에 오면

큰솔밭에 뻐꾸기 소리

잔솔밭에 덜거기 소리

벌로 오면

논두렁에 물닭의 소리

갈밭에 갈새 소리

산으로 오면 산이 들썩 산 소리 속에 나 홀로

벌로 오면 벌이 들썩 벌 소리 속에 나 홀로

정주 동림 구십여 리 긴긴 하로 길에

산에 오면 산 소리 벌에 오면 벌 소리

적막강산에 나는 있노라

지키지 못한 약속

시월의 하늘은 더없이 푸른색이었다. 평화롭게 흘러가는 구름을 올려다보던 신현중이 한숨을 쉬었다. 유월 이십오 일 북한이 갑작스럽게 공격하면서 전쟁이 벌어졌다. 삽시간에 낙동강까지 밀려난 전선은 맥아더 장군이 이끄는 한미연합군이 인천 상륙작전에 성공하면서 회복되기 시작했다. 결국 북한군은 삼팔선 이북으로 밀려났고, 서울은 다시 수복되었다. 고향에 있던 신현중은 어렵게 구한 열차표로 서울에 올라왔다. 신문사를 관두면서 자연스럽게 끊긴 두 사람의 소식을 듣기 위해서였다. 전쟁통에 한강 다리가 부서져서 배를 타고 간신히 건넜다.

"지옥이 따로 없군."

그가 백석, 허준과 함께 어울려 다녔던 광화문통과 경성부청

일대는 참혹할 정도로 파괴되어 있었다. 포격과 공습으로 인해 잿더미가 된 건물 사이사이로 넋이 나간 것 같은 사람들이 점점이 박혀 있었다. 라디오에서는 연신 유엔군이 북진을 계속하고 있으며 곧 압록강에 도달해 통일될 것이라고 얘기하고 있었다. 하지만 신현중의 눈에는 온통 파괴와 죽음, 그리고 이별만이 보였다. 부서진 건물 앞에서 꾀죄죄한 여자아이가 바닥에 쭈그리고 앉은 채 손가락으로 냄비에 든 국수를 먹고 있었다. 그러다가 고개를 돌려 포대기에 업혀 있는 어린 동생에게 국숫발을 먹여주었다. 그 광경을 말없이 보던 신현중은 중앙청으로 발걸음을 돌렸다. 태극기가 펄럭거리는 중앙청 역시 불탄 흔적이 역력했다. 미군이 지프차를 타고 지나가면서 일으키는 흙먼지를 피해 잠시 멈춰 서 있던 신현중은 쫓겨난 광화문이 있는 쪽으로 걸어갔다. 건춘문 북쪽으로 옮겨졌던 광화문은 전쟁으로 인해 처참하게 파괴된 상태였다. 문루가 있던 부분은 모두 부서졌고, 아래쪽의 성문이 있는 석축 부분만 남아 있었다.

"이거라도 남아 있어서 다행이라고 생각해야 할까?"

혹시나 하고 와봤지만 서울에는 백석도 없고, 허준도 없었다. 백석은 고향이 북쪽이기 때문에 딱히 서울에 내려올 이유가 없었고, 허준 역시 광복 후 서울에서 활발하게 활동하다가 정부 수립 이후에는 북한으로 넘어갔다.

"허준 역시 고향이 용천이었으니까."

광복이 되었지만 몇 년 지나지 않아 벌어진 전쟁으로 인해 폐허가 된 서울을 돌아본 신현중은 친구들과 함께였던 아련한 추억을 떠올리다가 눈물을 쏟았다.

"왜놈들이 물러나고 광화문이 제자리를 찾으면 만나자고 광화문 삼인방이 약속했는데 그 약속이 지켜지려면 아직 멀었구나. 멀었어."

애써 눈물을 참고 돌아선 신현중은 다시 하늘을 올려다봤다.

"그래, 하늘은 푸르구나. 저 하늘을 백석과 허준도 보고 있겠지. 잘들 지내게. 친구들이여."

이 작품은 백석과 그의 친구들 이야기를 담고 있습니다. 백석의 삶 전체가 아니라 그가 가장 빛났던 시기인 1934년부터 1939년을 조명한 작품이죠. 백석은 〈나와 나타샤와 흰 당나귀〉, 〈흰 바람벽이 있어〉 같은 시를 쓴 시인이자 번역가입니다. 대단한 천재이며 언어에 탁월한 재능을 발휘해서, 일본 유학 시절 외국인 교수들과 자유롭게 대화하는 그를 보고 많은 학생이 놀랐다는 일화가 전해집니다. 그는 눈에 띄는 외모와 헤어스타일, 그리고 뛰어난 글솜씨로 많은 사람의 사랑을 받았습니다. 그가 직접 쓰고 엮은 시집 《사슴》은 백 부만 인쇄해서 구하기 어렵기 때문에 지금은 가격이 수천만 원에 달합니다. 흥미로운 지점은 그가 모던 보이처럼 차려입었고, 일본 유학까지 다녀왔지만, 가장 사랑하고 마음에 담은 것은 바로 고향이라는 것입니다. 경성에서 지낸 시간은 1934년에 신문사에 입사한 뒤 이 년, 함흥의 영생고등보통학교로 갔다가 다시 신문사에 재취업한 1939년의 몇 달 정도입니다. 그리고 만주로 훌쩍 떠나버렸죠. 그는 항상 고향의 언어로 시를 썼고, 고향을 주제로 글을 썼습니다. 그래서 당대에는 지나치게 고향을 내세운다며 공격받기도 했답니다.

백석의 시는 아름답고 고전적이며, 누구나 마음에 아름답게 간직하고 있는 고향을 꿈꾸게 해줍니다. 그래서 시간이 오래 지난 지금도 사랑받는 것이겠죠. 한때는 월북 작가라는 이유로 그의 시를 제대로 감상하지 못하던 시기가 있었습니다. 하지만 평안북도 정주에서 태어나서 그곳에서 유년기를 보낸 백석에게 월북이라는 단어는 맞지 않습니다. 차라리 재북 작가라면 모르지만 말이죠. 그에게 경성은 일본이나 만주처럼 낯선 도시, 언젠가 떠나야 할 곳에 불과했으니까요. 그는 짧은 기간이었지만 경성에서 활동하면서 많은 사람과 인연을 맺었습니다. 대부분은 문인들이었고, 그들 중 상당수는 신문사에서 일했기 때문에 역시 신문사에서 일한 백석과 친밀하게 이어졌습니다. 안타까운 것은 그들 중 상당수가 일제강점기 후반에 친일의 길을 걸었다는 점입니다. 그나마 백석과 가깝게 지냈던 허준과 신현중, 그리고 정현웅은 굴복하지 않았습니다. 백석 역시 친일 문인들과 함께하는 대신 만주로 떠나는 길을 택했습니다. 백석의 선택은 그의 삶을 힘들게 만들었지만, 대신 그의 시를 영원히 살렸습니다.

우리가 그의 삶에서 배워야 할 것은 무엇일까요? 백석이 살았던 시대는 개인이 선택할 수 있는 것이 별로 없었습니다. 특히 백석 같은 엘리트에게는 말이죠. 철저하게 일본의 지배를 받아들이고 친일파의 길을 걷거나, 하나밖에 없는 목숨을 걸고 저항하는 길을 선택해야만 했습니다. 백석은 멀리 떠나는 것으로 저항한 것이죠. 살아가는 일이 더없이 고통스러웠던 시대에 백석은 떠나온 고향을 이야기하면서 사람들의 아픈 마음을 달래주었습니다.

이번 이야기를 쓰기 위해 많은 책과 논문, 기사를 확인했으며 최대한 사실에 가깝게 쓰려고 노력했습니다. 주요 등장인물은 모두 실존 인물이며 교정 부장인 송유철만 가상의 인물입니다. 세 사람과 대립하는 존재를 그리기 위해서 만들었죠. 그밖에 사실과 다른 부분은 주석으로 남겨놓았습니다. 분량 문제상 혹은 필요하지 않다고 생각되는 부분은 과감하게 생략했습니다. 하지만 시인이자 문인으로서 백석의 삶은 최대한 담아내려고 노력했습니다.

마지막으로 백석, 신현중, 허준을 묶어 '광화문 삼인방'이라고 한 설정과 '총독부가 무너지는 날 다시 만나자'는 그들의 약속 역시 허구입니다. 하지만 암울한 시절 문학으로 만난 세 사람이 우정을 쌓고, 우리의 글과 권리를 빼앗길 수밖에 없던 현실을 함께 견뎌내는 모습은 무엇보다도 사실적으로 그려내고 싶었습니다. 그렇게 험한 날을 견뎌내고 세월이 흘러 날이 좋은 어느 날, 광복을 맞이한 세 친구가 무너진 총독부 자리에서 다시 만나는 모습을 소설 속에서나마 그려보고 싶었습니다.

하지만 안타깝게도 광복 후 세 친구의 만남은 현실에서도 소설에서도 이뤄질 수 없었지요. 1939년 팔월 신문사를 그만둔 신현중은 통영으로 내려갔고, 만주로 떠난 백석에 이어 허준 역시 1941년 만주로 떠나게 되거든요. 광복 이후엔 백석과 허준 모두 고향이 있는 북으로 돌아갔습니다. 그 후 발발한 한국전쟁으로 한반도에 그어진 삼팔선이 영영 그 약속을 지키지 못하게 만들었고요. 아이러니하게도 한국전쟁 때 폭격을 맞은 광화문과 달리 조선총독부는 광복 이후에도 오래도록 그 자리에 남아 있다가 1995년에야 비로소 철거됩니다.

지금은 일본이 조선을 지배했다는 상징인 조선총독부가 사라졌고, 쫓겨났던 광화문이 제자리로 돌아왔습니다. 비록 세 사람이 다시 모여서 그 모습을 보지는 못했지만, 그게 이뤄졌다는 사실만으로도 만족했을 것이라 믿습니다.

(생각학교 클클문고)

광화문 삼인방

초판 1쇄 인쇄 2024년 7월 19일
초판 1쇄 발행 2024년 7월 26일

지은이 | 정명섭

발행인 | 박재호
주간 | 김선경
편집팀 | 강혜진, 허지희
마케팅팀 | 김용범
총무팀 | 김명숙

디자인 | 석운디자인
일러스트 | 유소현
교정교열 | 김선례
종이 | 세종페이퍼
인쇄·제본 | 한영문화사

발행처 | 생각학교
출판신고 | 제25100-2011-000321호
주소 | 서울시 마포구 양화로 156(동교동) LG 팰리스 814호
전화 | 02-334-7932 팩스 | 02-334-7933
전자우편 | 3347932@gmail.com

ⓒ 정명섭 2024

ISBN 979-11-93811-22-1 (43810)